U0956606

李迪文集(公安文学卷)·系列小说

警官王快乐

李迪　著

群众出版社
·北京·

图书在版编目（CIP）数据
警官王快乐 / 李迪著. —北京：群众出版社，2021.5
（李迪文集．公安文学卷）
ISBN 978-7-5014-6143-1
Ⅰ.①警…　Ⅱ.①李…　Ⅲ.①小小说—小说集—中国—当代
Ⅳ.①I247.82
中国版本图书馆 CIP 数据核字（2021）第 046626 号

警官王快乐

李　迪　著

出版发行：群众出版社
地　　址：北京市丰台区方庄芳星园三区 15 号楼
邮政编码：100078
经　　销：新华书店
印　　刷：北京市科星印刷有限责任公司

版　　次：2021 年 6 月第 1 版
印　　次：2021 年 6 月第 1 次
印　　张：6.375
开　　本：880 毫米×1230 毫米　1/32
字　　数：183 千字

书　　号：ISBN 978-7-5014-6143-1
定　　价：38.00 元

网　　址：www.qzcbs.com
电子邮箱：qzcbs@sohu.com

营销中心电话：010-83903991
读者服务部电话（门市）：010-83903257
警官读者俱乐部电话（网购、邮购）：010-83901775
文艺分社电话：010-83901350　　010-83903973

本社图书出现印装质量问题，由本社负责退换
版权所有　侵权必究

出版说明

李迪，当代著名作家，北京人。生于1948年11月29日，2020年6月29日病逝。他去世后，中国文学界给予了他很高的评价和赞誉。中国作家协会主席铁凝在纪念文章中称赞他是时代的记录者，是人民的歌者，是一位“无愧于时代和人民的作家”，并倡议全体文学工作者以李迪为榜样，“把滚烫的心放进与人民同心的作品中，让这波澜壮阔的历史、这昂扬奋进的精神成为永世流传的中国故事。”

李迪一生创作了40多部中长篇小说、报告文学等作品。他长期坚持深入生活、扎根人民、扎根基层，他长期坚持为人民写作的道路。他的作品结构新颖、语言简练、生动形象、脍炙人口，形成了自己独具特色的艺术风格，在中国文学的宏伟画廊里留下了属于自己更属于人民的优秀作品。李迪的创作道路，也给当代作家提供了一个现实的标杆，提供了一个值得学习的榜样。

需要特别指出的是，在李迪一生的创作之中，公安题材始终是他热衷的创作方向。公安题材的小说、报告文学，是李迪作品中最重要的一部分，也是他最主要的创作成就所在。李迪于公安文学来说，是里程碑式的重要作家。

为了展现李迪公安文学的创作轨迹和基本面貌，总结李迪对公安文学所作的独特贡献，进一步提高公安文学的创作水平，推动新时代公安文学的发展，我社特编辑出版《李迪文集》（公安文学卷）。这套文集共包括八种图书，分别是长篇报告文学《丹东看守所的故事》、《一级英模陈先岩的故事》、《徐州刑警》、《英雄时代——深圳警察故事》，系列小说《警官王快乐》、《凌晨探案》，中篇小说集《傍晚敲门的女人》，报告文学、散文随笔集《枫桥枫叶红愈红》。

《丹东看守所的故事》由群众出版社于2011年8月首次出版，本次出版以2016年10月群众出版社出版的《丹东看守所的故事（增订本）》为底本；《警官王快乐》由江苏凤凰文艺出版社于2016年2月首次出版，本次出版以2019年10月群众出版社出版的《警官王快乐》为底本；《一级英模陈先岩的故事》由群众出版社于2016年6月首次出版，原名《社区民警是怎样炼成的——陈先岩的故事》；《徐州刑警》由群众出版社于2018年3月首次出版；《英雄时代——深圳警察故事》由群众出版社于2018年11月首次出版；《凌晨探案》首次连载于《人民公安报》2017年7月29日至2018年6月1日；《傍晚敲门的女人》由《傍晚敲门的女人》、《悲怆的最后乐章》两部姊妹篇组成，其中《傍晚敲门的女人》首次发表于《啄木鸟》杂志1984年第4期，《悲怆的最后乐章》首次连载于《天津日报》1986年7月13日至9月13日，由法律出版社于1987年2月首次出版，原名《〈悲怆〉的最后一个乐章》；《枫桥枫叶红愈红》收录了散见于报刊的报告文学《你可知道，那草帽在何方》、《星星点灯——走近湖州公安“警务广场”》、《枫桥枫叶红愈红》、《走着走着花开了——社区民警郝世玲的一天》等，以及散文随笔十余篇。

李迪的公安文学作品及成就，是公安文学的宝藏，是他在公安文学领域给我们留下的一笔丰厚遗产。相信《李迪文集》（公安文学卷）的出版具有继往开来的意义。希望更多的从事公安文学创作的作家们，深入公安机关火热的斗争生活，创作出更多更优秀的公安文学作品。

群众出版社

2021 年 6 月 8 日

一位无愧于时代和人民的作家（代序）

铁凝①

李迪去世，我感到震惊、痛惜。前一段时间，我得知他住院了，病得很重，即使在那时，我也不曾想过会有最严重的结果。李迪七十一岁了，但在我的印象里，他与迟暮衰老无关，他永远活力充沛，永远谈笑风生，永远激情澎湃。他好像永远穿着一件大红上衣，他真是一团火，跃动着、燃烧着，给这个世界送来热量和温暖。这样一个人，我想，他是累了，他需要休息、需要调整。我没有想到，最终传来的竟是这样的消息，他竟走了，那团火，熄灭了。

但是，他的作品在，他书中的火是不灭的。从《丹东看守所的故事》，到《警官王快乐》，到《加油站的故事》、《听李迪讲中国警察故事》，到刚刚印出的《永和人家的故事》、刚刚写成的《十八洞村的十八个故事》，他是多么喜欢“故事”这个词，而他正是一个讲中国故事、传中国精神的作家。从这些作品中，我们感受到的是广袤的大地与奋进的人民，

① 铁凝，中国作家协会主席，中国文联主席。

感受到在一个一个人物身上、一个一个平凡而伟大的战斗者、劳动者身上那推动历史发展的伟力。这样一个作家，是时代的记录者，是人民的歌者。

习近平总书记在文艺工作座谈会上的重要讲话中深刻论述了文艺与人民的关系，人民需要文艺，文艺需要人民，文艺要热爱人民。新时代广大文艺工作者的根本道路，就是深入生活、扎根人民。在这条道路上，李迪为我们做出了榜样。这些年来，从西部山区到东部沿海，从公安一线到边地加油站，从塔克拉玛干沙漠到湘西苗寨，烈日骄阳、风霜雨雪，李迪走过了很多地方，不是走马观花，不是蜻蜓点水，而是心入情入，是全身心地扑进了人民生活的海洋。时至今日，那些公安干警、那些工人农民，提起李迪，都是那么亲切，干警们叫他"老李"，村民们叫他"李老师"。我也有过下农村经历，我知道，当村里人叫你一声"老师"时，这包含着沉甸甸的信任和敬重。对李迪来说，人民不是抽象的符号，是一个一个有血有肉的具体的人，李迪和他们成为了贴心人。他的作品是质朴的，没有华丽的修辞，他努力写出人民心里的话，他的风格温暖明亮，他的态度情深意长，这在根本上源于他对人民群众深切的情感认同。

心在人民中间，李迪把书写中国人民创造新生活、创造历史的伟大实践作为自己的职责和使命。他生前的最后一次远行是去湖南的十八洞村，那是习近平总书记去过的地方，是决战脱贫攻坚的前沿。在那里，这个年过七旬的老人，这个北方汉子，在南方湿冷的天气中开始了他一生最后一次战斗。"战斗"这个词，在这里一点儿也不夸张，李迪曾经是中国人民解放军第十四军宣传队的战士，他的一生是作家，更是把祖国和人民放在心中最高位置的战士。在身体已经严重衰弱的情况下，李迪在病榻上奋力写完了他的最后一本书

《十八洞村的十八个故事》。支持着他的，是一个战士对新时代伟大斗争的澎湃激情，对中华民族伟大复兴光辉前景的信念和承担。

李迪远去，李迪的精神长存。这是一个作家、一个文艺工作者把自己的命运与祖国的命运紧密相连的精神，这种精神，体现在李迪身上、体现在广大中国作家艺术家身上。2020年，是决胜全面建成小康社会、决战脱贫攻坚之年，中国人民经受了新冠肺炎疫情的严峻考验。在这样的时刻，广大作家艺术家始终和人民在一起，奔赴脱贫攻坚的第一线、奔赴抗击疫情的第一线，记录和讴歌中国人民在以习近平同志为核心的党中央坚强领导下艰苦卓绝的奋斗和感天动地的业绩。李迪就是其中的一位杰出代表，他是习近平总书记关于文艺工作的重要论述所指明的道路的自觉、热情的践行者，他的生命和创作有力地感召和启迪着我们：无愧于时代、无愧于人民，就要把全部生命投入与时代同行的路上，把滚烫的心放进与人民同心的作品中，让这波澜壮阔的历史、这昂扬奋进的精神成为永世流传的中国故事。

（原载《人民日报》、《文艺报》2020年7月6日）

我为何写王快乐（自序）

《警官王快乐》以全新的版本与读者见面了！

正如大家看到的封面一样，根据本书改编的同名电视剧上演在即！

那么多大家熟悉的演员欢聚一堂，共同演绎王快乐的快乐故事。

为隆重庆祝新中国成立70周年，“我爱你中国——国家广播电视总局优秀电视剧百日展播活动”启动仪式于2019年8月25日在青岛举行，集中推荐了86部向国庆献礼的优秀电视剧，《警官王快乐》快乐入选！这部电视剧由海一天主演，刘佩琦、梁天、张光北、李明珠、马精武、沈丹萍、苗苗等联合主演。苏舟执导。全剧在公安部新闻宣传局精心指导下拍摄完成。

编剧王贺以本书为蓝本，在改编中以轻松活泼、诙谐幽默的情节，展现了充满阳光和喜感的警官王快乐为民解忧的趣事。王快乐虽然从小被遗弃，但却是在街坊邻居的关心照顾下长大。心怀感恩的他从警院毕业后如愿成为一名片警。他熟悉辖区，善用情商为群众办事，面对业主与物业公司的冲突、刑满释放人员回归社会、邻里间的磕磕碰碰互不相让等现实生活中的种种常见问题，王快乐坚持原则却又能善用独特的机智和善意的狡黠，以快乐化解不快乐。而他也在百姓的关爱下找到了生父，圆满了爱情。小片警大情怀，老戏骨抖精神，和谐社区幸福天地！

王贺拿到小说后问我，你怎么会有这么多故事啊？

是啊，王快乐的故事是有点儿多——

故事百篇，每篇千字。

起承转合，智慧幽默。

矛盾纠结，快乐化解。

说的全是一个人，讲的都是王快乐。

从哪儿淘来的这么多故事？

两个字：生活。

感谢生活！

生活是一口井。找到井，有水喝。

生活是文艺创作的唯一源泉。

在真实的生活面前，所有的杜撰都显得苍白无力。

在深入公安生活获得丰富素材的基础上，我写了王快乐。

说起我深入公安生活，有点儿历史，试着穿越——

1983年春，经时任北京市公安局办公室主任刘尚煜推荐，我来到市局七处体验生活。一去就半年，风里雨里，跟警察一样自带干粮。渴了，到处找水喝。

七处位于城南偏僻之地，地名吓人，叫半步桥。

是死是活，只差半步。

这里是预审处也是看守所，被枪毙的人从这里直接拉到刑场。

在笼罩恐惧与神秘的小院里，在低矮昏暗散发故纸霉气的档案室里，一份死囚卷宗让我的心收紧！一个女人凄楚哀怨的声音自卷中传出，呜咽地向我讲述了一个爱恨交加的故事。爱她的人以死向欺辱她的人复仇，她为爱她的人拒不吐实宁愿赴死！我千方百计找到当初办案的预审员。开始，他还犹豫。我说，没事！他相信了我，还原了预审中惊心动魄的对话。

最终，我写成中篇小说《傍晚敲门的女人》，发表在《啄木鸟》1984年第四期，荣获首届金盾文学奖，由群众出版社出版。三十多年过去了，小说一版再版，让我感动！

当年，法国女翻译家帕特丽夏和苏联汉学家谢曼诺夫为翻译这部作品专程来中国。他们问我，女主人公真是自杀的吗？我只有点点头。我不愿意说出事情的真相。

2009年冬至2011年夏，我七下丹东看守所深入生活，与警察和在押人员共同度过三个春节。关在这里的人，要么活着出去，要么走上刑场。生死碰撞，爱恨纠缠，文学的永恒主题在这里展现得淋漓尽致！

我请求戴所长，能不能让我也住进看守所？

戴所说，天冷没热水也不安全，你六十好几了不行！

我说，没事！

我如愿住进去，屋外风景被铁窗分割，每天跟在押人员共用脸池便所，放风时一起晒太阳。一日三餐混在警察堆里，他们吃什么我吃什么，他们值班我陪着。慢慢地，人家接纳了我，从李作家变成老李、李老头儿。不管是男是女，都有说不完的话流不干的泪。我倾听，我落泪。

有时谈话到深夜，我一个人迎着冷风缩着脖子走回小屋。路过带电网的高墙，居高临下的哨兵突然打开探照灯照我。哨兵属于武警系统不认识我。我急忙喊，别开枪，我是好人！时间长了，他们也认识了这个常常勾腰走夜路的老头儿。还是打灯，不是照我，而是照亮前方的路。

在这里，我完成了长篇纪实文学《丹东看守所的故事》，发表在《中国作家》杂志，由群众出版社出版，荣获多项文学奖并拍成电视连续剧。

中国作协副主席高洪波赠诗——

老姜入水味益浓，

监所潜行看迪兄。

一支秃笔蘸心血，

死刑犯中觅真情。

在此之后数年至今，我六下无锡，三下扬州，四下徐州，两下深圳，还有湖州、绍兴等地，深入警营生活，倾听民警故事。

在那些难忘的日子里，每天上午、下午和晚上，不间断地连续聆听来自各警种一线民警的精彩故事，感受他们的激情燃烧，分享他们的酸甜苦辣。

每晚，送走被采访的民警，看着他们的背影消失在夜色中，想到他们劳累了一天还要赶来见我，想到他们明天还要投入紧张的工作，我都会感动甚至难过。

谁能理解民警的苦累与伤痛？

我们的公安民警，天天有牺牲，时时在流血。他们也有老母亲，他们也有心上人，他们也有生死情，他们也有离别恨。

可是，当人民需要，当警铃响起，他们冲锋在前，他们义无反顾，面对歹徒的尖刀，迎着罪恶的子弹，鞠躬尽瘁，恪尽职守，他们是和平年代最可爱的人！

比起特警、刑警的威风凛凛，社区民警是公安战线的另一道风景。

鲜有惊心动魄，更无轰轰烈烈，多为鸡毛蒜皮，尽是家长里短。

然而，最生活，最百姓，最基层，最地气。

你来我往，都是群众；你推我搡，还是亲人。

急不得，恼不得，不能硬来，只能软磨。豆腐掉进灰堆里——吹也吹不得，打也打不得。千方百计，千言万语，开动脑筋，费尽心力，把矛盾化解在社区，把治安深入到邻里；孤寡老幼，弱势群体，最需帮扶，最需关爱。

我是人民警察，我帮扶，我关爱，为民解忧，为国分难。

温暖，温馨，笑脸，孝心。冰心玉壶，情深义重，诚感高天，爱恸大地，让政府的关爱落在家家户户，让党的阳光照进百姓心里。

社区民警扎根社区，心系群众，情系群众，行系群众。唯独没有自己，唯独没有家人。

谁能知道他们的艰辛与付出？

行走于警营，感动于社区。

社区民警的故事，生动鲜活，此起彼伏，有头有尾，有血有肉，这个没结束，那个又开始。

这个是张三的，那个是李四的，件件出彩，事事动人。

生活是一口井。找到井，有水喝。

为了写好这些社区民警，在《人民公安报》副刊部主任丁晓璐的精心策划下，我决心创作王快乐这个心地善良、生就乐天的人物，把张三李四的故事都给他。让他跑，让他忙，让他哭，让他笑，让他抓耳挠腮，让他古道热肠，让他在社区出没，让他用快乐化解不快乐，让他在婆婆妈妈家长里短鸡毛蒜皮中开创一片新天地！

于是，我怀着感动，怀着快乐，打开电脑，写下故事百篇。

说的全是一个人，讲的都是王快乐。

感谢各地为我讲述他们动人故事的一线民警；

感谢《人民公安报》连载；

感谢《啄木鸟》杂志连载；

感谢《人民日报》、《解放军报》、《光明日报》、《北京日报》、《天津日报》分别选载、连载；

感谢《警官王快乐》剧组全体演职人员对我的厚爱；

感谢群众出版社在电视剧开播之际，以全新版本出版这本书，让心急的观众和读者能在书中与王快乐见面，分享他在电视剧内外演绎的所有快乐故事！

快乐朋友，快乐王快乐！

李迪

2019 年 8 月 29 日

目 录

一、金耳环

幸福社区地处开发区城乡接合部。南临太湖，北靠长江，水网纵横，丘陵起伏，山清水秀好家园。但开发伊始有点儿乱，土地变工地，农民成市民。王快乐来此落脚，没人认识他，如同空气一样。这如何开展工作？

他正闹心，忽听警务室外有人吆喝，啤酒瓶子废塑料的卖！好么，真炸！收破烂的与时俱进用上电喇叭啦！

王快乐顿开茅塞，也买来一个喇叭，没想到，刚出门，收破烂的就堵上来，哎，这片儿破烂我包啦！

王快乐笑了，你没看见我穿警服吗？

收破烂的说，你捡个警服穿上就是爷啦？有本事穿太空服，两脚不着地，你飞！

王快乐说，那多费火箭啊！说完，自顾往前走，收破烂的紧跟。来到菜市场，只见人挤人。王快乐一开喇叭——

乡亲们，我是新来的社区民警，我叫王快乐！

收破烂的一看，扭头就跑。

王快乐接着喊——

人多的地方要保管好自己的财物！家长带好孩子，老人留神脚下！

菜市场里大眼瞪小眼。

有的说，真开眼！

有的说，这呆子！

王快乐笑了笑，仍旧边走边喊。

为了回头率豁出去了，哪儿人多往哪儿钻。

想不到，第二天就有人来敲门，王警官，村东打起来了！

谁和谁？两妯娌，彩花和杏花。

两家人住前后，两姐妹并蒂莲，可莲不开花尽发叉儿。

这天，彩花家修外墙，运沙车把路碾成老妈妈脸，杏花随手铲了几铲沙垫上。彩花锄地回来刚好看见，这是我家的，你手闲啊？一锄头捅过去。还好杏花闪得快，不然就当草给锄了。她暴喝一声，彩花脸上就挨了传说中的一鹰爪。于是，飞沙走石。

王快乐赶到现场，混战已停。

彩花说杏花抢了她耳环，杏花也说彩花抢了她耳环。

王快乐问，到底谁抢了谁？

两人异口同声，她抢了我！不信你翻！

得，成真假美猴王啦！

王快乐对协警小吴说，快去给我拿金子探测器来！

小吴都傻了，心说哪来的这东西呀？

王快乐冲他一挤眼，他明白了，转身就走。

疯子演戏呆子看。王快乐接茬儿吓唬，要是测出谁身上有金子，马上带派出所！

杏花扛不住了，她锄我，我就抢了她耳环。

那你的耳环呢？

我自己揪下来，一起塞兜里了。

好，快掏出来吧！

杏花一掏，脸儿当时就绿了。掏出的两个耳环，一大一小！

王快乐说，准是打架丢了，还不赶快找！

两妯娌忙趴地上找。王快乐也跟着找，恨不得变成二郎神。突然，他叫起来，我找到一个啦！

两妯娌喜出望外，一看，是小的！

这是杏花的！彩花哭起来，我的没找到呀，呜呜呜！

王快乐说，你俩往后还打不？

不打了！

算话不？

算，算！

王快乐说，你们看，那是什么？

两姐妹同时回过头，只见沙地上有一个小东西在暮色中闪着夺目金光。正是彩花的另一个耳环！两姐妹高兴地抱在一起。

其实，王快乐一次就捡到了两个。

第二天，他把两家人叫到一起，说，兄弟亲土变金，姐妹亲捡到金。你们要珍惜亲情！

两兄弟说，再吵收回耳环！

两姐妹说，别想！

二、胡老汉惊魂

外来人口多是幸福社区的特点，也是治安管理的难点。

一天，胡老汉对王快乐说，我们晚上都不敢出门，就怕遇上坏人！

王快乐说，这正是我想要解决的。你们当地人都把房子租给外来人，您是不是也一样啊？

胡老汉迟疑了一会儿说，我……出租了十间。

王快乐说，那您是大房东啦，正是我依靠的对象。您看，我这儿有个登记本，现在发给您，您家有多少房客，都要登记下来交给我。

胡老汉问，登记这个干什么？

王快乐说，您不是想晚上能出门吗？那就从登记外来人口入手。您登记了，我就能查出他是好人还是坏人。

胡老汉说，我那里没有坏人，不需要登记。

王快乐笑了，坏人谁写在脸上？您试试好不好？只要您去登记，也许就能发现问题。

胡老汉将信将疑，收下了登记本。

王快乐说，万一发现了情况，您千万别惊动，赶快来喊我！

胡老汉笑了，你们当警察的，看谁都像坏人！

回家后，胡老汉想起一个姓张的房客正好该交房租，就打算连收租带登记。进屋一看，床上躺了三四个人，身上都刺了画儿。胡老汉看呆了，当初姓张的说只有他一个人租住，这些人都是哪儿来的？

他跟姓张的要房租，姓张的说，明天给你！

胡老汉又说，房租明天给可以，但是你们今天要登记。你说只有你一个，现在住了这么多，个个都要登记！

姓张的说，行，你把本放这儿，登记完了，明早连房租一起给你！

晚上，胡老汉翻来覆去睡不着。第二天一早，他慌慌张张跑到警务室报告。王快乐一听情况不对，二话没说就赶往他家。快到出租房时，他把胡老汉拦到一边儿，您别进去，危险！

说完，快步上前，推门一看，哪儿还有人？

胡老汉气得吼起来，鬼！

王快乐说，这回您信了吧？

胡老汉说，王警官，要不是你提醒，哪天我被他们抢了也说不定。往后，不但我要登记，还要跟老哥老姐们说，让他们配合你，做好登记，不要怕吓跑客人。万一住下个杀人犯，脑袋搬了家，钱还有什么用？

事有凑巧。没过几天，胡老汉再次惊魂。

这天，他突然接到王快乐的电话，问他入住登记全不全？

胡老汉说，一人一格，滴水不漏！

王快乐说，好，您赶快拿来！

胡老汉把登记本送到，王快乐在电脑上一查，9 号房住的什么人？

胡老汉说，是个油漆工，满身油漆味儿，没错，就是他！

王快乐从登记本上抄下油漆工的手机号，报告了刑警队。便衣警察叫油漆工的朋友打电话，约他在酒店见面。这厮一到，直接拿下。

胡老汉问，这家伙是什么鬼？

王快乐说，强奸犯！

胡老汉眼珠子差点儿掉出来，乖乖，幸亏家里就我一个糟老头儿！

三、董老头儿

董老头儿是个老怪物。喝醉了错走进人家，躺下就睡。嫌旁人路过他家太吵，竟在门口挖条沟，搭块板儿，自己一进屋就把板儿撤了，谁也别过。更要命的是仇警！警务室在隔壁，他从来不理王快乐。一打听，原来，N 年前，他在家打麻将被抓了，发誓说没赌；那也不行，不交罚款不放人；从此跟公安结下梁子。王快乐心里有了数。

年底，社区拆旧盖新，拆迁办要给行动不便的孤寡老人盖一批过渡房，董老头儿也在其中。王快乐提出过渡房要结实，水电设施要安全。拆迁办主任说，你把心放肚子里，咱照着白宫盖，抗三百级地震，回头不用了就处理给奥巴马。哈哈哈！

王快乐帮老人们安顿下来，不由叹口气，这些老人，今年走一个，明年走两个，最终搬进新房的能有几人？他挨个儿跟老人打招呼，说有什么问题就找我，随叫随到。

来到董老头儿跟前，董老头儿装聋作哑，王快乐笑了笑。

紧跟着，到了年关。三十这天晚上，董老头儿正忙饭，突然，停电了，电炒锅里的菜一下子没了动静。他骂了一句，出门一看，不光他家，整个过渡房都停了电，黑咕隆咚像进了山。

年夜饭停了，电热毯凉了，更别说春晚了。这年怎么过？

老人们马上报告王快乐。

王快乐刚端起碗，听信儿就往社区赶。半路上又想，年三十打电话喊人来修，那叫瞎子点灯白费蜡。不行！他又调头往供电局跑。来到值班室，求爷爷告奶奶，电老虎总算动了身。王快乐带着电工呼啦啦赶到小区，搭梯子拽线跟着一起干。

线接通，闸合上，家家户户重放光明。

电虽然来了，王快乐还是不放心，生怕再出什么事。他决定不回家了，就住在警务室。

在合家团圆的大年夜，王快乐一个人，骑着电瓶车，顶着寒风，在过渡房前后到处转。一面转，一面看，这才看清，当初建房时连电杆都没栽，只拉了一根线过来，更别说安装变压器了。这不行！一不安全，二不长久。盖房不是一天两天，老人们的安全很重要。节后去跑这件事！就算拆迁办是块铁，我也要揣进怀里焐热了。王快乐转着转着，电瓶车没电了，只好下来推着走。

走着，走着，忽听身后有人喊，王警官！

回头一看，是董老头儿。

董老头儿已经跟了好久，实在不忍心，终于喊出声。

他上前拽住王快乐，走，快到屋里喝一杯，暖和暖和！

王快乐心头一热，眼圈儿都潮了。

来到屋里，亮堂堂地坐下。

一杯老酒下肚，两盘饺子端来。

董老头儿说，王警官，你来社区做的一切我都看见了。大过年的，为断电你忙了一晚上还不放心，还在风里到处走。用电视机里的话说，你是一个人民的好警察，我佩服你！

听他这样说，王快乐感到比吃饺子还香。董大爷，有些事以前我们做得不好，我给您道个歉！

董老头儿杯子一举，什么都别说了，全在酒里！

四、只求你们一件事

这天，董老头儿推开警务室的门，王警官，门口来了三个孩子，你没看见吗？王快乐连忙放下手里的活儿，抬眼一看，果然，三个女孩儿正在探头探脑。一个大点儿的，也就十五六岁，另外两个还要小些。哎哟，看着面生，口音也不对，不是社区的。

王快乐问，你们找谁呀？

大女孩儿说，我们找警察叔叔！

王快乐笑了，我就是啊！

大女孩儿说，我们知道你就是！

王快乐笑了，你们要我帮什么忙啊？

孩子们抢着说，我们要赶路，没钱了！

王快乐一愣，你们从哪里来？三个孩子都不说。又问，你们要到哪里去？得，问话充满哲理。

大女孩儿说，我们要去宜兴。

王快乐吃了一惊，宜兴离这儿还很远，你们去干吗？

三个孩子齐声说，去打工！

王快乐一听，鸭梨脸都歪了，你们是未成年人，不能打工！如果赶路钱不够，我可以帮助你们。但是不能让你们去打工。这很危险，说不定会遇到坏人！

三个孩子你看看我，我看看你，没了主意。

王快乐说，你们饿了吧，先跟我去吃点儿东西，行吗？

王快乐领着三个孩子来到派出所，迎面碰见所长。所长一咧嘴，哟嗬！王快乐赶紧接上话，我又捡人回来啦！女民警们看见来了三个女孩儿，纷纷围过来问长问短。她们的性别优势很快显现出来。当王快乐提着一摞盒饭回来时，一个女民警悄悄告诉他，三个女孩儿都是湖北的，她们听说宜兴能挣钱又好玩，就背着家人跑出来，要碰上坏人就糟了！

搞清来龙去脉，接下来的工作就是王快乐的了。他通过户籍查到当地派出所，派出所很快跟家人对接上。

好家伙，家长们当时就在电话里哭起来，呜呜呜！哇哇哇！

王快乐说别哭了，快来接孩子吧！

家长们说开一辆中巴车赶过来。

王快乐说你们人生地不熟，来到这里如果找不到，就把车停到目标大点儿的地方，我把孩子给你们送过去。

这时候，天已经黑了。王快乐又买来无锡名吃王兴记小笼包儿，三个孩子才吃了几口，就趴在桌上睡着了，看着真叫人心疼。王快乐把值班室的被子抱来给她们盖上，又脱下自己的大衣加在上面。为了不影响她们睡觉，还关掉了大灯。

一个人，静静地。守着黑夜，守着冷风，守着孩子们。

就这样，耳不关闭，目不交睫，一直守到凌晨五点多，终于，听到汽车响，看到车灯亮。孩子们的亲人来了！

抱紧，痛哭，令人心酸的喊叫。接着，家长们又一起拥上来，拉住王快乐，要跪下，要磕头，千恩万谢。王快乐急忙扶起他们，说不要谢，不要谢，我只求你们一件事，你们能做到，我就心安了。

家长们抢着说，什么事，你尽管说！

王快乐说，回去不要打孩子！

听他这样说，大人孩子再次抱头痛哭……

五、倒霉蛋儿

董老头儿买菜回来，忽然看见一个人顺下水管道往三楼住户的后窗户里钻，上身已进去，屁股还在外面扭。有贼！赶紧报告王快乐。好啊，瓮中捉鳖！王快乐马上组织起一帮人来。谁啊？社区门口蹬三轮的。他们边等活儿边打扑克，一听抓贼，嗷嗷叫。

进贼的楼正面是一条小河，王快乐布置人守在河边，防止贼跳河。同时在楼后布阵断其退路。一切妥当，他首当其冲，带人进楼。咚咚咚！门敲得山响。小贼，我是警察！你被包围了，乖乖开门出来吧！

贼一听，慌了手脚，在屋里乱窜。房屋正面是一大排玻璃阳台，他蹿到阳台上，才一露脸儿，就听见头顶上有人叫，贼上阳台啦！他吓了一跳，啊？还用上直升机啦？定睛再看，原来，守在河边的人乱吼，抓贼啊！抓贼啊！惊动了河对面楼上的住户，家家打开后窗，纷纷探出头来人肉搜索，隔着玻璃练透视眼，观看稀有动物。贼向阳台东边跑，透视眼们就喊，贼跑东边去了！贼调头往西，透视眼们又喊，贼往西边跑了！

王快乐听见外面这么热闹，忍不住笑起来，哈哈，抓贼像过年啊！

邻居纷纷出来看热闹。

王快乐问，这家房主是不是啤酒厂黄厂长？

回答说是！

王快乐打开警民联系手册，很快找到电话。黄厂长，贼钻到你家去了，你赶快回来吧！

黄厂长一头大汗跑回来，掏出钥匙一插，哎哟，开不开！贼从里面上了保险！

有人说，闪开，我来踹门！

王快乐急忙拦住，你一发功门就不能要了！谁家有绳子？快拿来，多拿几条，咱们从楼上窗户爬进去！

很快，拿来五条绳子。王快乐带人来到楼上住户家的阳台，打开全部窗户，大声说，贼不怕死，咱也不怕死！来，学我的样子，把绳拴牢在腰上，从东到西分散开，拿好武器，听我口令一块儿下！

屋里的贼一听，啊？五个人！还带着武器？吓得魂飞魄散。

哪儿有什么武器啊，纯粹精神战术。王快乐刚要发口令，忽听扑通一声，对面透视眼们乱叫起来，贼跳河啦！贼跳河啦！

嗨呀，这是个古河，看上去有水，其实很浅，下面全是泥。贼像树桩一样栽下去，泥就没到肚脐眼儿，想动都动不了。这可真叫“栽了”！

王快乐来到河边，脱鞋就要下，被董老头儿拦住，慢着，船来了！

王快乐扭脸一看，只见一伙人扛着几个大木盆赶来。哈哈，木盆下水，一人一盆，木棍一戳，戳到贼身边，用绳子把贼一绑，喊一声拉！岸上的人出力一拉，像拔葱一样把贼拔上来。一审，是个惯犯，刚从牢里出来。

押回派出所的路上，贼说，我两手空空的，还不如偷一点儿呢。

王快乐问为什么？

他说，偷一点儿，也许就判个半年一年。现在，光凭是累犯，最少也三年！

王快乐说，你个倒霉蛋儿！那屋里根本没住人，空的！

六、请仙容易送仙难

老周死了老伴儿，有人给他介绍了个家住江阴的女人凤仙，听着像民国的人，比老周还小六岁。老周一看，又凤又仙，王八绿豆对上了眼儿。儿子听说这女的好赌，死活不同意。老周到底没听儿子的。婚后半年，家里钱就不够用了，两人大闹天宫。老周悔青了肠子，离婚！谁知，请仙容易送仙难，凤仙要分房产。老周很生气，后果很严重，把门锁起来跑外边住去了。凤仙进不去就回江阴了。

这天，儿子在街上看见了蓬头垢面的老周，心疼地拽回家。好事的邻居马上通报给凤仙。凤仙风风火火赶来，一进门就跟老周吵。儿子一气，扭头就走，半道碰见一个人，谁呀？鸭梨脸王快乐。他听小周念叨，心想，坏了，别吵急了再抄家伙！

王快乐脚下生风。赶到周家一看，两人已打得灿烂辉煌。老周耳朵被咬，疼得鬼叫。凤仙呢，躺在地上哎哟喂，说脚被踹断了。王快乐赶紧把一对冤家送医院。

凤仙的牙快，咬得老周不轻，鉴定下来凤仙要吃官司。

老周说，严惩！看她还分不分房？

王快乐说，你光想严惩她了，就没想到你足下功夫了得？

老周问怎么啦？

王快乐说踹断她脚啦！

老周傻了，真的？

王快乐说，这回凤仙再仙也飞不起来了。没听你说在哪儿练过啊？老周吓哆嗦了。王快乐乘胜追问，你俩谁罪过大？

老周说，别考我啦，我收回严惩行不？

王快乐说，一日夫妻百日恩，你俩都半年了，恩到南天门去了，忘了你瞧上人家的时候啦？

老周说，谁让她分我房！

王快乐说，大葱卷煎饼，一码是一码。你耳朵破了，她脚断了，说吧，先抓你们俩谁？

老周说，谁都不抓行不？我给她治脚……

王快乐笑了，你原谅她了？老周说，我原谅了，不知道她干不干？

凤仙当然不干，要让法院判老周赔钱。

王快乐问，赔多少？

凤仙说，最少二十万！我问过中介了，那房也就值四十万。

王快乐笑了，这等于跟他分房产啊！

凤仙说，谁让他踹断我脚？摊上了！

王快乐说，房是房，脚是脚！

凤仙问，那你说怎么办？

王快乐说，当然有办法。你先回答我一个问题。

凤仙一歪脖儿，说吧！

王快乐说，听着，你这脚是第几次断啦？

凤仙一下子成了呆瓜。她哪里知道，王快乐不是省油的灯，私下从大夫那里了解到，凤仙的脚骨断裂是陈旧伤。老底被揭，凤仙哭起来，承认因为交通事故撞断过脚。

凤仙，你别哭了，老周请你原谅他，他要为你治脚。你呢，咬伤他耳朵，论罪可以判刑，但老周念你们夫妻一场，请求不追究你的责任。你们夫妻一场，百年修得同船渡，千年修得共枕眠。我说了，你别不爱听，老周是因为你爱赌才来气，孩子也为这个。家有金山都扛不住赌，别说你家没金山了。听我劝，往后别赌了。十赌九输，好好过日子吧！

凤仙一边哭，一边点头……

七、胶水事件

一大早，强师傅就来警务室报案，说他家大门的锁眼儿被老冯家用胶水堵了，打不开了。

王快乐问，你怎么知道是老冯家干的？

强师傅说，嗨，我不是骑车撞了他一下吗？

王快乐一听，啊？老冯他人呢？

强师傅说，医院里呢！

王快乐赶到医院一看，哪儿是撞了一下啊，撞大发了！老冯的小腿儿断了三截儿。两个人骑的都是电动车，老冯是逆行，强师傅觉得自己没错，爱咋地咋地。王快乐明白，老冯的十级伤残是铁定的，要是骗骗大夫，硬说腿儿伸不直，定个九级也有可能。

老冯说，不干，我要定八级，让他赔死！

王快乐笑了，定级不是凭您说，八级要一腿儿长一腿儿短！您先消消气儿，街里街坊的，往后还要一起过日子呢！

回来后，王快乐对强师傅说，论责任，他主您次。但是他人伤了，将来到了法院，也得判您赔。

强师傅说，凭什么啊？

王快乐说，凭交通法啊！不如咱们现在主动点儿，争取日后少赔点儿。

强师傅说，王警官，你不害人，我听你的。

王快乐说，老冯说话要开刀，您先给垫付两万。之后，还要护理。如果叫护工，一天最起码两百块，这个钱也要您出，很冤的。不如叫您爱人翠芬去护理，省了钱还缓和了两家矛盾。

翠芬抢着说，我去！反正我也没工作。要不他家三天两头地上胶水，到哪儿算一站啊！

就这样，老冯开了刀，翠芬精心服侍了半个多月。

老冯很感动，说妹子啊，以前我们是冤家，现在成亲戚了！

王快乐接上去说，老冯，您看到人家的诚意了吧？强师傅说啦，该怎么赔就怎么赔。不过，您能不能不上法院啊？

翠芬说，就是，我儿子正处对象，我们往被告席上一站，再给人家看到，或者被报纸登了，老脸还往哪儿放？说不定连儿子的对象都吹了！

老冯说，好吧，我不上法院了，咱们就走调解。专家说定几级就定几级，行不？

其实，王快乐知道强师傅的家底儿，别说八级九级，就是十级，也够砸锅卖铁的。可是，定级赔钱这一关，说什么也绕不过去啊！

王快乐正为下一步发愁，忽然有一对年轻人来找。

谁呀？强师傅的儿子跟对象小凤。

王快乐说，噢，小强，你妈今天还说起你处对象的事儿，小凤很漂亮啊！

小强说，小凤不是我妈说的那个对象。

王快乐笑了，你小子还脚踩两只船啊？

小强说，哪儿能啊，两只船要是往两边儿一开，我直接就劈两半儿了！其实，我就小凤这一只船，可我妈死活不同意，非要给我介绍一个。我就是来求您帮忙的，您跟我妈说说，她介绍的那个一听我爸摊上事儿了，吓得手机都关了。可是小凤说，大不了我俩照个相就浪迹天涯，省下钱赔冯叔。

小凤说，王警官，您别听他忽悠。不过，我老爸说了，先不给我们买车了。他有三辆，让我们随便挑一辆，省下钱赔冯叔。

王快乐差点儿疯了，好好好，这个胶水我当，保证把你俩粘起来！

八、纸上放火

社区居民张鹏在惠山金牛汽车公司负责托运，有人举报他职务侵占，公安局抓了人，证据不足又撤案放了。可是，这期间公司把他开除了。张鹏不服到处告，几年都没成。为什么？他去法院，人家说要劳动仲裁。他到仲裁委，人家说失去时效了。调头找公安，人家说我们比窦娥还冤，撤案放人你应该感谢啊！我们又没让公司开除你！他又找公司，公司说你被抓了就该处理！

就这样，张鹏成了上访专业户。鞋破露“姜”，人成鬼样，走投无路，寄了封匿名信给区长。区长一打开，惊出白毛汗，信无字而是画，画的是一个人拎着汽油放火，从汽车公司开始，凡跑过的“衙门”一个不剩！区长批示急查。和尚头上的虱子，还用福尔摩斯吗？不到半天，就落实到王快乐头上。

王快乐找到张鹏，你的画很惊险啊！

张鹏脸绿了，我真放火就直接浇汽油了，这叫精神战术！没别的，就是想恢复公职。

王快乐说，你要相信我能解决，就老实在家待着。

张鹏说好吧，我撑死也不出门。

王快乐说你吃那么多干吗？

张鹏说哪儿有吃的啊，灌凉水！

冤有头债有主，起因在原单位。王快乐直奔汽车公司保卫科。科长洪大胖子的屁股肉从椅子两边往下坠，开他一点儿不冤！托运有的不给票，有的给假票，收钱不入账，账外还有账！

王快乐笑了，这是你的一面之词。

洪大胖子也笑了，上面没人发话，割我十斤也不能给他平反！

洪大胖子说的“上面”是指交通局。

王快乐找到侯局长，把放火图一摊，您看，这是什么？

侯局长叫起来，这，这是要烧车站耶，还不赶快抓起来？

王快乐说，人家又没真烧。

侯局长说，真烧就晚了！

王快乐笑了，你们公司钱经理还说，烧起来正好演习救火！

侯局长猴儿脸一拉，他脑袋进水了！立刻把钱经理叫来。钱经理一脸苦瓜，说当初老领导为托运部乱账开除了好几个，后遗症明显。张鹏来上访，老领导不给平反，说自己不能否定自己。现在要给张鹏恢复公职，其他人怎么办？

侯局长火了，老领导，老领导，他退休几年了！真要着了火，你我全玩儿完！

钱经理说，局长您息怒，办法我有一个，就怕张鹏不愿意……

王快乐回来对张鹏说，你小子，托运有的不给票，有的给假票，我看开除你不冤！

张鹏说，没有的事！

王快乐说，不管有没有，你见好就收吧！你还有两年就退了，什么公职不公职的。公司答应把社保医保都交上，解你后顾之忧，再一次性补两万块。

张鹏说，这么多年怎么也得给十万。

王快乐砍到五万。

张鹏说，行，给了钱我就停访息诉！

谁知钱经理却说不行，他穷疯了，要这么多！

王快乐抖抖放火图，那我只好去跟法院和仲裁委要这笔钱了，谁叫他们当初给耽误了。

侯局长听说了，又把钱经理骂一顿，这两家老爷你得罪得起吗？脑袋进水了！快给他！

五万块下来了，社保医保也交了。张鹏满意了，不跑了。

可王快乐还在跑。干吗？给他找个活儿过日子啊！

九、要脑袋给你一个

社区有个王家村。这天，小王把桌子横在老王的杂货店前，躺上面晒太阳。这是演的哪一出啊？原来，老王手头吃紧，没跟老婆商量，就把店卖给了小王，说好八十万，小王先给了十万定金。有好事者说，这么好的店卖成豆腐价。我要是帮你卖，怎么也卖一百万！老王悔断肠，老婆满地滚。小王看出老王想变卦，就把桌子横在店前。老王也不弱，喊来七八人。

剑拔弩张时刻，王快乐闻讯现身。

他对老王说，房子不是鸡鸭鹅，你收了定金，不能说不卖就不卖。这事儿从根儿上讲是你不对。

小王也跳起来，泼出的水别想收回！

王快乐转向他，你横桌子挡店门也不对。房子没过户，就不是你的。如果老王打了你，你找谁说理？

小王说老天快下雪吧，我比窦娥还冤！

老王说，我也没办法，老婆要出人命！

小王说，你少来！合同上写明了，反悔要赔双倍定金，少一分也不行！

老王说，要钱没有，要脑袋给你一个！

小王说，我自己有脑袋，多一个没地方安！

王快乐吼起来，你们再吵我就不管了！乡里乡亲的，往后还要一起过，对不对？两个人都不吭声了。老王，你的生意先停两天。小王，你也把桌子抬回去。你俩消消气，给我点儿时间。

下来后，王快乐先找老王谈，说你要么把房子卖给小王，要么退回定金加违约金，就算到法院也是这个理儿。

老王说，定金肯定退，违约金开口就十万，我受不了。

王快乐问，那你说多少合适？

老王说，五万。

王快乐说，少了点儿吧？

老王说，顶多六万！不要就算了，爱告哪儿告哪儿去！

王快乐笑了，你不是手头紧吗？怎么还能拿六万？

老王到底老实，说王警官你是好人，当初我的营业执照办不下来，还是你帮着跑的。跟你实说吧，有人能帮我卖一百万。我赔小王六万，再给中间人两万，我还多得十二万呢，这事儿你可别说出去啊！

从老王家出来，王快乐心里有了底。

可是，小王却吃了秤砣铁了心，说白纸黑字，少了十万不行！

王快乐说，他真拿不出来你能咬死他？

小王说，再硌了我牙！又狡猾一笑，我知道他又换大东家了，就是赌这口气！

得，老王的篮子里有几个蛋，小王早数过来啦。怎么办？

王快乐又去找了一个人。谁呀？小王的叔叔，退下来的老村长。

王快乐知道这叔侄俩情同父子，特来求救。

老村长说，小王哪儿都好，就是争强好胜。要我说，让老王赔五万就到头啦！这还是因为他又卖了高价，否则一分也不赔！

王快乐说，老王能拿六万。

老村长沉思片刻，好吧，息事宁人，赔偿合同还是写十万，给小王个满意。老王拿六万，剩下的我补。王警官，你千万别告诉小王啊！

王快乐鼻子一酸，心说怎么能不告诉小王呢？也许他会回心转意呢！

想不到，小王听王快乐说了，半天没吭声。

王快乐又打起鼓来，后悔自己嘴太快。

就在这时，小王说，算了，就让老王拿五万吧！

十、猫猫来访

警务室后窗下的花园里来了一只猫，浅黄的短毛大眼睛。当然，它不是来报警的。闲庭猫步，流浪至此。

董老头儿说，王警官，它看上了你的花园耶！

王快乐很快乐，它叫什么名儿？

董老头儿笑得像只猫，嗨，它有什么名儿啊，你要上户口，就叫它咪咪吧！又说，它要当妈妈啦！

王快乐惊叫一声，真的！

他感到问题很严重，这是从妇产医院到奶粉的选择。

董老头儿说，你想得太多了！只要拿个纸箱放花园里就行。生的时候，你不能看！听不到小猫叫就是难产，我去喊猫奶奶。

猫奶奶是社区居民郭老太，收养了十几只流浪猫，故得美号。

王快乐说，好吧，我多准备几个纸箱，村村点火，处处冒烟。

王快乐在花园里设立猫房，过足开发商瘾。咪咪跳上窗台，居高临下关心自己的产房。看它一脸满意，王快乐像吃了冰激凌，还是哈根达斯的。

终于，咪咪要生了。眼见它钻进桂树下的纸箱，王快乐守了半天也没动静。远了，听不到小猫叫；近了又怕惊动。真急人！

正急，奇迹发生——

一根长长的纸筒从他肩头滑过来，刚好够得着产房。哦，是董老头儿用报纸卷成的纸筒。董氏兵器延长了王快乐的耳朵，连蚂蚁咳嗽都听得见。他潜伏暗处聆听，直到耳朵听肿，也没动静。终于忍不住了，爬到树下一看，咪咪根本没在！

什么时候，轻轻地它走了，正如它轻轻地来。

这一夜，王快乐睡不着，心被无形的大手揪起。

天刚亮，他就爬起来，迫不及待往外看。窗帘刚打开一条缝儿，就撞上一对大睁的猫眼！

想偷看吗，老年地下工作者？

哎哟，咪咪的肚子瘪了，它生了！王快乐连忙炖鸡炖鱼。你把宝宝生哪儿了？他问咪咪。咪咪不回答。啊呜啊呜，吃完就没影啦！

董老头儿说，你把心放肚里，猫猫天下第一聪明！

王快乐只好收起好奇，专事伙食。咪咪每天定时用膳，吃完就走。

这天傍黑，王快乐刚摆好御膳，忽见咪咪嘴里叼着什么过来。啊，一只没睁眼的小猫！很快地，咪咪叼起宝宝钻进花丛。不一会儿，又叼来另一只。先后叼出四个雪白的绒球儿，请王快乐鉴宝。

当天夜里，下起大雨，王快乐哪儿还能睡！他打着伞走进花园。咪咪，别怕，我送伞来啦！花丛里没动静。他亮起手电一看，咪咪一家没在！花丛下，有一个用破布垫起的小窝，已经被雨淋透。王快乐的眼泪一下子冲出来，咪咪啊，你预感今夜有雨，你要搬家，临走带孩子来跟我告别。这么大的雨，你带孩子住哪儿啊？

第二天，猫奶奶闻讯赶来，王警官，你仁义，你对咪咪好，它知道，它还会回来的！

果然，过了不久，咪咪当真带着孩子回到了花园，王快乐喜出望外。哦，不是四只，是五只！

猫奶奶说，喃，四白一黑，五朵金花！

喵喵喵！

十一、一脚一只羊

回民马老汉开的拉面馆，味道正宗服务好，成了社区一乐。

这天中午，马老汉像往常一样边做拉面边招呼客人，一辆宝马炫着红光停在路边，一个女人扭着腰下来。喂，她冲马老汉喊道，给我来一碗，多放肉！说着，一屁股坐下。

马老汉应声龙飞凤舞，细长的面条水似的在两手间流淌。

女人忽然叫起来，妈耶，你的手怎么这样脏啊！

马老汉笑笑，是黑，不是脏！

女人说，你怎么不戴手套啊？

马老汉又笑笑，没听说拉面戴手套的，全凭手感呢！

一旁吃面的都笑起来。

女人一下翻了脸，起身就走，我不要了！

马老汉上前拦住，都做好了，咋能不要呢？

女人叫起来，不要就不要！起开！

马老汉不动窝儿，你不能不讲理啊？

女人突然横起来，我就不讲理了，怎么着？起开，好狗不挡道儿！

说着，抬腿踢了马老汉一脚。

这一踢不要紧，吃面的人都站起来，指着她七嘴八舌，哪儿来的疯婆娘，跑这儿撒野来了！

不知谁打了电话，说有人欺负马老汉。好家伙，呼啦啦！社区内外的回民弟兄都跑过来，拳头举得树林子似的。耍横的女人哪儿见过这个，吓成面团儿筛成糠。有人叫着，把她的车掀了，看她还牛不？群情激愤，说话要掀车。

王快乐闻讯赶来，乡亲们，有话好好说，掀车多费力啊！

大家这才住了手。

王快乐上前安慰马老汉，您消消气，咱们先上医院。

马老汉说，这么多人等着吃面，耽误不起。医院不去了，叫她赔我！

众人喊道，对，叫她赔！

王快乐说，无理踢人，该赔！

人们都鼓起掌来。

王快乐扭头问女人，你愿意赔偿老人吗？

女人点头如鸡啄米，愿意，愿意。

王快乐反倒抓起脑壳，心想，踢一脚该怎么赔呢？

这时，有人站出来说，按我们回民的规矩，打人要阿訇处理，打一拳赔半只羊，踢一脚赔一只羊！

马老汉说，对，她踢了我一脚，要赔我一只羊！

众人又乱起来，让她赔，一脚一只羊！

女人拉拉王快乐的衣袖说，一只羊就一只羊。

王快乐小算盘一打，按当下市价，一只羊没两千块下不来。这代价太大了，走到哪儿也说不过去。

他冲回民弟兄们笑着说，好吧，就按阿訇处理，一脚一只羊。你们说，我能不能当个阿訇啊？

听他这样问，人们又乱了，王警官你好是好，可你当不了阿訇！

王快乐问为什么？

大伙都笑了，你不是回民啊，再说你也不通熟《古兰经》！

王快乐点点头，噢，既然我不配当阿訇，那处理事情就要比阿訇低一格，对不对？

大家都说对着呢，要低一格。

王快乐说，这样吧，要我说，让她给马老汉道个歉，再赔三百块，行不？

马老汉带头说，行！

事情解决了。第二天，马老汉用三百块买了两条烟送给王快乐，说我不缺这个钱，要的这个理儿！王快乐痛快地收下。又过了几天，马老汉的小孙子过满月，王快乐包了个红包送去，也是三百块。

十二、敲锣遇险

社区建设得很快，眨眼又起一片楼，更多陌生人搬了进来。怎样让老百姓尽快认识自己，更好地为他们服务？

王快乐又想到用喇叭去喊话。他拿起喇叭一试，哎哟，不响了。晃一晃，还不响。忙送去修。

人家说，这破玩意儿还修什么？扔了得啦！

王快乐舍不得，这是他的“革命文物”啊！

这天傍晚，社区一阵锣响。不知谁家有喜，请来锡剧班，人头攒动，你拥我挤。

王快乐突然开了窍，哎哟喂，要是我也敲起锣来会怎样？

第二天，他就弄来一面锣，走到新区人多的地方，还没敲，心就跳起来。我在部队好歹是个副营，跑到这儿来敲锣？嗨，为了回头率，豁出鸭梨脸！

咣！咣！咣！大锣一敲，动静不小——

耍猴的来啦！

谁说的？是傻子！

王快乐装没听见，扯脖子就喊——

我是民警王快乐，大家有事来找我！平安社区保平安，出门关窗上好锁。咣！咣！咣！

一连敲了两天，很多新居民都认识王快乐了。第三天，他又来到集市，刚要敲锣，一个人慌慌张张跑来，王警官，有人要跳楼！

啊？王快乐顾不得多问，跟着报警人就跑。来到一幢高楼前，只见楼顶上站着一个小伙子，摆出姿势正要往下跳，楼下好几个人拉着棉被准备接。

王快乐急忙喊，小伙子，先别跳，等等我！有什么事跟我说！边喊边上了电梯。

来到楼顶，见小伙子还在，王快乐踏实了。你，你真好，等我呢，没让我白跑！

小伙子叫起来，你别往前来！再往前，我就跳！

王快乐说，好！接着，自己给自己喊起口号，一二——立定！随着口号，来了个标准的立定军姿。

小伙子忍不住笑了。

王快乐说，好吧，你笑了。说说吧，为什么？

小伙子说，我说了你也解决不了！

王快乐说，我解决不了，你再跳，行不？

原来，小伙子姓孙，跟一个姓郑的女孩儿好上了。两人没结婚，女孩儿就怀了孕。想不到她又看上了别人，非要把孩子打掉跟小孙散伙。小孙感到自己各方面条件不如小郑的新男友，要用死来证明自己的真爱。

王快乐说，嗨呀，你真傻，你跳下去了，小郑就是回心转意了，你也不知道！

小孙忽然激动了，哇地哭起来，她不会回心转意，她连我们的孩子都不想要了！我活着还有什么意思？说完，又要往下跳。

王快乐说，好吧，你真要死，我也拦不住，随你了。你在这儿还有什么亲戚？临死前应该告诉他们一声，对不对？

小孙说，我就有一个舅舅在这儿。

王快乐问，他手机多少号？

小孙顺嘴说出来。

王快乐很快拨通了，喂，喂，你外甥小孙要跟你说话！

说着，走上前去，把手机递给小孙。

小孙伸手刚要接，王快乐猛扑上去，一把抱住了他！

楼下的人们齐声叫好，跟着又鼓起掌来。

十三、楼上楼下

这天，租住在七号楼四层的老胡，哭丧着脸来找王快乐，王警官，救命啊，我家都成化粪池啦，臭得睁不开眼！

王快乐忙问，臭从何来？

老胡说，楼下有人放屁！

王快乐忍不住笑了，哪儿有那么给力的屁！

原来，住在三层的阎老太爱吃臭豆腐。

黑黑的，方方的，油一炸，屎臭！

王快乐说，萝卜白菜各有所爱，这个不好管。问题是臭味儿怎么上的楼？他到实地一看，七号楼有个共用烟道，各户油烟机的出气管都插里头，五味杂陈直上九霄。而老胡家安装的有毛病，油烟倒灌，臭气尽收。王快乐找到房东，房东一脸旧社会，说找过装修公司好几次，一拖再拖就是不给解决，收了钱就完事，这叫什么买卖！

王快乐说，我去！

装修公司的胖经理正闷头算账，忽闻异臭，大叫起来，谁拉屎啦？

王快乐把臭豆腐往他眼前一推，味道好极了，是吗？

胖经理吃了一惊，王警官，您这是……

于是，问题迎臭而解，老胡家空气达标。

没想到，过了几天，阎老太也哭丧着脸找来，王警官，救命啊，老胡家有个小孩儿，又跑又跳，还扔皮球，嘭！嘭！吵得我没法儿睡！

王快乐问，您晚上几点睡？

阎老太说，十点！

王快乐劝老胡，十点以后不要发出声响。

老胡念王快乐的好，答应得很痛快。

平安无事数日，阎老太又找来了，王警官，不行，我现在八点就困了。

王快乐又去找老胡。老胡说，好，八点就八点！

可是，没两天，阎老太说，不行，我现在白天也要睡！

王快乐说，这可不好办，那是一家子大活人啊！除非房东不租给老胡。

阎老太说，好啊，好啊，麻烦你跟房东说说！

房东听王快乐一说，嘴噘得像骆驼，我指着房租养老呢，哪儿像阎家啊，她儿子是大老板，听说要给敬老院捐五十万呢！

王快乐一听，来了主意。

他兴冲冲地对阎老太说，行了，房东不租给老胡了。

阎老太连说，好好好！

王快乐又掏出一张纸，可是，房东说，找她租房的排着队呢！我给您念念，有锡剧演员，有跳街舞的大妈，还有参赛的钢琴家。听说参赛曲目叫小夜曲，专门半夜里弹……

阎老太一听，脸又歪了。

王快乐说，这样吧，我知道您儿子有钱，您叫他把楼上租下来，不住人，问题就彻底解决了。

阎老太咬咬牙，行，豁出去了！

王快乐费尽口舌给老胡找了新住处。老胡说我早吃不消了，这老太太动不动就上楼砸门。现在可好了，没人咚咚咚，也不闻屎臭！

楼上腾空了，儿子租下了，阎老太国泰民安。她逢人就夸王快乐。夸就夸吧，还找补一句，你们谁家嫌楼上吵，就去找王警官，他能把人赶走！

结果，好几个老太太都要找王快乐。

王快乐哭丧着脸对阎老太说，救命啊，您千万不能这样广播，我吃不消啊！

十四、葱姜蒜

社区里有一对打工夫妻，男的姓丛，女的姓姜，葱啊姜的，全是调料。两人不知为什么常吵闹。邻居说，嗨，没大事，全是葱姜蒜！

夫妻俩有个儿子，快十岁了，脑子有点儿毛病，整天蹲在家里。

这天，家里吃饭，有个香菇咸菜，儿子把着不给人吃。丛生气了，一巴掌打过去，说你这个神经病可以去死了！姜去护儿子，他连姜一起打，说就是你傻，才生了这么个东西！有人看见，跑出去告诉姜的弟弟，说你姐夫打你姐！姜的弟弟跑过来，不由分说，一棒子下去断成两截儿，丛当时就趴下了。送进医院，又拍片子又下猛药，前后花了七千多。姜的弟弟给了一万。丛说怎么也得赔四五万。从那天起，他每天都找王快乐讨公道，说不行就离婚。姜呢，也找王快乐闹离婚。

夫妻俩轮流葱姜蒜，真够王快乐一呛！

这都不说，两人还赌气不回家。儿子呢，整天蹲在墙角，邻居这给一口，那给一口。王快乐干脆在小饭铺押了钱，让伙计跑去送饭。可是，这到哪儿算一站啊？再说，孩子万一出啥事就糟了。王快乐急得鸭梨脸都变了形。没辙，解扣还要系扣人。

王快乐找到丛。丛说你去找姜吧。找到姜，姜说你去找丛吧！

说是这样说，但话里话外王快乐听出俩人对儿子很上心。

怎么办？警官难断家务事。王快乐说，我也不管了！

这天，孩子被村民老刘带出去玩。想不到，腿瘸偏遇路不平，正走着，后面来了一辆电瓶车，偏偏就撞了孩子。老刘吓出白毛汗，又喊人又打120。救护车哇哇哇来了。

消息一下传开，丛姜的儿子被撞了！住院了！

邻居听到，火上房跑去找他们夫妻俩。

姜先赶到医院，一进门，要死要活。

王快乐说，看看吧！你们闹有什么好？

丛也赶来，四脖子汗淌。

王快乐又说，你们闹有什么好？看看吧！

两人都说，为了孩子往后再也不闹了。

医生说，还好伤得不重，住一周就可以出院。

结果，丛姜天天守在医院，一家人真的好起来。

一周后，孩子出院了，欢天喜地把家回。

还是葱姜蒜。调料放好，饭菜做好，日子过好。

王快乐把村民老刘、电瓶车肇事者，还有医院的大夫，全都请到小饭铺，大快一朵颐。众人抹抹嘴发誓，永远保守秘密！

老刘画蛇添足，打死也不说！

保守什么秘密呀？

嗨，你还没猜着吗？

除了孩子一点儿没碰着，住院花费却是真金白银。大导演王快乐自掏腰包，去工资里报销。

十五、神仙点化

老杜的电瓶车被偷了，跑到警务室骂。

协警小吴请他进屋登记，他大眼珠子掉出来，管球用！

小吴苦笑笑，等王警官开会回来你找找他？

老杜说，找就找，不怕他青面獠牙！

王快乐刚好回来，笑着说，你看我是青面獠牙吗？

老杜看了看说，面青，牙还不獠！

他指着墙上的奖状说，这是办假证的给你做的吧？还不赶快摘下来！有本事你到街上摆个摊儿，听听老百姓说什么！

王快乐说，你还是登记一下，也好帮你找。

老杜说，咱们闹点儿实在的，你的车能不能先借我骑几天？

王快乐说，行。

小吴急忙拦住，使不得，要是传出去，借车的老百姓能排二里地！

王快乐傻了。

老杜笑起来。笑罢，手一甩，走了。

他走了，王快乐却端起茶往鼻孔送。郁闷良久，他的心沉了下来，想起老杜的话，哎哟喂，这是神仙点化我啊！对，我就摆个摊儿！

周日，王快乐在社区门口拉起横幅："王快乐服务日"。桌子上摆上警民联系卡、报警器、小偷作案工具、伪劣防盗门……

他高门大嗓地喊，走过路过别错过，看小偷怎么撬锁，看小偷怎么偷车。

老百姓都围上来，探头探脑。

王快乐用液压钳夹住车锁，轻轻一合，嘎巴！断成两截。

哎哟嗬！老百姓惊叫起来，比吃黄瓜还脆！

王快乐说，车子要存车棚里，别怕麻烦！还有，防盗门不能图便宜，空心铝的不行！

说着，又演示小偷如何穿越伪劣防盗门。老百姓再次惊呼，赶上崂山道士啦！

看的人越聚越多，王快乐嗓门直逼帕瓦罗蒂，欢迎大家提意见提要求！想骂也行！

哪儿还有人骂？你一言我一语，提的提意见，说的说要求。没车棚咋办？马上安！哪种防盗门最安全？样品给你看！灭火器咋使？我这就操练，大家闪一闪！有个老汉挤上来吼，我借了一台电焊机，转眼就没了！王快乐问，丢多长时间啦？老汉说，十年啦！王快乐大嘴一咧，时间太长啦，我只能给您道个歉！有个女人挤上来叫，我家闹过贼，是顺下水管爬进来的！王快乐说，等会儿我就去你家，把下水管缠上铁丝网！有个大妈说，警务室的灯太暗了，晚上看不到！王快乐说，好，我换个大灯泡，让警务室成为百姓心中的灯！

话音没落，掌声一片。

这时，一位老工程师说，河边建了个亭子，凳子靠背儿太矮，小孩会摔下去，老人也不安全。我知道这不属于你管，可憋在心里难受！

王快乐说，您提得好，不能等人掉水里再着急，这事我该管！

接下来，他风风火火找人修，想不到推来推去竟然推到文物局。

人家问，哪个朝代的？什么亭？

王快乐气得半死，脑残亭！

放下电话，脸拉成驴。老百姓办点儿事怎么这么难！

这时，建设局来电，社区埋管道请王警官帮忙维持秩序。王快乐说，正好，我有个事你们先给办了吧！对方一听，修亭子？这不归我们管。王快乐啪地把电话挂了。过了一会儿，对方醒过酒，又打过来，亭子的事好商量，我们这就去修！

靠背儿加高了，百姓高兴了。王快乐心说，摆摊儿真好，我要坚持下去！

在摆摊儿中，有人悄声说出线索。王快乐蹲守两夜，抓住偷车贼，找回老杜的车。老杜举着锦旗来到警务室，高声叫着，挂哪儿！

王快乐大嘴咧成瓢。

十六、喜出望外

星期天，是王快乐的为民服务日，他刚摆好摊儿，居民们就围上来。王快乐已经有经验了，最先挤到前面的，有的是看新鲜，有的是吹吹牛，警察怎么样，国家怎么样，世界又怎么样。而真有疑难杂症的，不会马上挤上来。要看你是真心办事，还是摆样子作秀。眼睛如猫，耳朵似马，先在远处看，再到近处听，觉得你有谱儿了，才上来说自己的事。特别是上了年纪的知识女性，更有一双透视眼。

这不，王快乐发现了目标，一个蛮文静的女人站在人群外，嘴唇紧闭，眼里有话。年岁虽然大了，但衣着干净，气质文雅。

王快乐主动走过去问，大姐，您有什么需要帮助的吗？

女人看看他，没吱声。

看得出，她已经寒了心。

王快乐又说，我看出您有心事，您说说，也许我能办。

女人摇摇头，你办不了。

王快乐被点着了，大姐，只要合理合法，您就交给我！

女人说，好吧，你就当听个外国故事吧。

原来，这是一位退休教师，离婚多年，一直跟女儿过。后来，女儿考取复旦大学，毕业后留校工作，户口落在了上海。女儿很孝顺，想把母亲的户口从无锡迁来，住在一起好照顾。为此，急需一张母女关系证明。这件事涉及本地好几个派出所，因为她女儿的户口迁出去了，电脑上没底档可查，这个推那个，那个推这个，都快三年了，母女关系还是个传说。

王快乐抓抓脑壳，大姐，您别急，我来办！

为什么要抓脑壳？因为开亲属证明牵扯到户口，的确不好办，又不是他一个人能办的。他跑到派出所，说好话，赔笑脸，让内勤帮着查。结果，查遍电脑，又翻遍资料，确实找不到底档。还是所长发了话，说这家人搬来搬去，搬了几回家，沿着线索往下追，看问题出在哪儿？内勤追啊追，一直追到北塘，线索就断了。看来，问题就出在这儿。

王快乐满头大汗跑到北塘，找到派出所教导员，把辛苦收集到的所有材料都抱来了，摊了一桌子，有医院出生证明，有孩子从小到大跟母亲的留影，有母女俩的申请，还有老邻居的旁证，甚至还有法院的离婚抚养判决书。教导员，您看，千真万确，谁没事认个老太太当妈呢？这件事到北塘就断了头儿，求您为老百姓做主，开个证明吧。我给你写保证书，出了事我担着！

教导员说，你走了我找谁去？你们派出所出个保证还差不多。

王快乐又跑回去央求所长。所长半天不吭气。

王快乐急了，明摆着的事都做不了，我这个警察还当什么劲儿？

所长一拍桌子，你不当就走人！

王快乐说，走就走！

第二天，女教师突然来电话，说北塘叫她去取证明。

啊？王快乐喜出望外，一头扎回所里，差点儿没把所长撞倒。

所长，你给出保证啦？

所长瞪他一眼，我这个所长可以不当，你不能走！

鸭梨脸笑成个瓜，我的哥哎！

十七、打虫

这天早上，王快乐还没走进社区，就看见小广场上聚满了人，一个穿医生白大褂的人正口若悬河。面前摆了一张条桌，上面放了一些试管，还有很多瓶子。这是干吗？他凑上去一听，开了洋荤。白大褂说他是儿科医学研究所的，来给娃娃们免费发放打虫药。打下寄生虫，娃娃更健康！看吧，他指着瓶子说，这些都是打下的虫子！

王快乐一看，瓶子里用药水泡着各种虫子。

白大褂突然提高了声音，这些虽然是害虫，用于医学研究却是宝贝，很值钱耶！大家快来领药，明天打下虫来回收给现钱，按质论价！

人们七嘴八舌，哎哟，这东西还有好坏啊？好的多少钱啊？论条还是论斤？

白大褂笑起来，哪儿能拉那么多？又不是猪！我们论条收，差的一条五块，好的几百上千！

报价一出，群情激奋，纷纷上前领药。几百上千能买一条金项链啦！还有的说，要是大人的也收就好了，说不定我肚里的虫就值两千块！

吃打虫药拉金项链？王快乐拿起药看看，的确是国内正规药厂的驱虫药。这是演的哪一出啊？察言观色，看不出白大褂破绽。居民霞光万丈，又不好泼凉水。得，骑驴看唱本，且走且哼哼。

第二天，社区里乐儿大了！小广场上排成长龙，个个举着尿盆，相互攀比：哇噻，你家拉这么多！我家的笨死了，就拉一条！白大褂带了个女人坐在桌前，又收虫，又登记，当真给了钱！五块的，十块的，有一位大妈居然得了一千块，顿时炸了锅。她的为什么那么值钱？我的跟她一样，怎么才给五块？

白大褂说，你的跟她不一样！大妈这种虫，科研价值极高，国产药打不下来，只能用进口药。

大家都喊起来，我们也要进口药！

白大褂说，对不起，进口药是要收费的，每包两百。昨天我一忙拿错了，让大妈捡了便宜。大家别急，机会人人平等，凡是今天来的，娃娃肚子里都会有这种虫。来啊，要买进口药的掏钱啦！

有聪明人问，打不下来怎么办？

白大褂说，打不下来退全款，谁买了我们都有登记。

本来听说要钱，个个装聋，现在一听退全款，又都活啦。这账还用算吗？除去成本，一条净赚八百。赶巧了，打下五条十条的，什么都别干了，接着买药！当天到场的居民都拿出了钱，没多有少，真金白银，个个深信不疑。于是，买药大戏上演，有的还打电话叫来七大姑八大姨，忙得白大褂数钱数到手抽筋儿。一天下来，收了七八万。临走时连连冲大家摆手，乡亲们，明儿见！

入夜，白大褂悄悄退了房，刚走出旅店，迎面碰上王快乐。哟嗬，要溜啊，不是明儿见吗？你把北塘两个社区的老百姓坑苦了，又到我们这儿来打虫了。我先打掉你这个虫，叫你人财两空！

十八、烧鸡大窝脖儿

保安老顾一进警务室，就要给王快乐磕头。

王快乐忙扶他起来，快别这样，什么事？

老顾灰头土脸，唉，我女儿，唉，丢死人了！

原来，老顾的女儿在商场偷了一条项链，被抓住送派出所了。

王快乐问，她多大了？以前有没有这种事？

老顾说，18岁还差几天，以前从没犯过错误，这回不知中了什么邪！求你帮帮忙，孩子要被判刑一辈子就完了。

王快乐安慰他几句，就往派出所跑。

所长说有这件事。王快乐赶紧央求，说还不满18岁，又是初犯，能不能给一次机会，我保证配合教育。

所长说，王菩萨，晚啦，已经报检察院了。

王快乐一拍脑壳，巧了，我检察院有人！

谁呀？检察长胡土鲁，王快乐的老政委，两人曾部队共事过。还有，检察院办公室的周主任也住在幸福社区，抬头不见低头见。王快乐心想，到了检察院先找周主任，让他带着去见检察长，好好求求，小姑娘才十几岁，判了刑一辈子就完了，能不能网开一面？老首长肯定说行！王快乐越想越开花儿，脚打屁股蛋儿，直奔检察院。

老天可怜鸭梨脸，一进门，正碰上周主任。王快乐把情况一说，周主任非常热情，说检察长正好在开会，我带你去！

来到三楼会议室，周主任隔门听听，正在发言的不是检察长，他刚要推门，又缩回手，两眼盯住王快乐，检察长今天主持会议，让我在楼下值班，不许人打搅。你真的跟他熟吗？

王快乐信心满满，叫出来你就知道了！

周主任这才推门进去。不一会儿，胡土鲁就跟出来了。

不料，他像见到老怪物一样，两眼瞪着王快乐，找我什么事？

王快乐傻了。我，我叫王快乐，是您的……

胡土鲁打断他，找我什么事？

王快乐烧鸡大窝脖儿。但既然来了，就硬着头皮说吧。没想到，胡土鲁才听了个头儿就摆摆手，你这个事去找批捕科！说完又转过脸，瞪了周主任一眼，我不是说在开会吗？你怎么什么人都往上带呀？

周主任的脸紫成茄子，他说，他是您的……

胡土鲁听都不听，扭头进了会议室，随手把门一关。

门外，两个木乃伊，大眼瞪小眼。

周主任说，王警官，你，你真是一个大苍蝇！

王快乐真想找个地缝钻进去，周主任，让你跟我丢脸了。唉，我长这么大也没丢过这样的人！

丢人归丢人，王快乐没死心。心想，个人渺小，组织强大，回去动员所长，一起去批捕科！他灰头土脸地回到派出所，还没进门，就听所长在接电话，啊？找王快乐？他……他刚进门！说着，把电话递过来。王快乐接过电话一听，鸭梨脸笑成哈密瓜——

我是胡土鲁，我真糊涂喽！开会开得头昏脑晕，连老战友都认不出来了！我跟你道歉，也跟周主任道歉。你现在就过来，记得带上那个女孩儿的户口本！……

十九、都是孙子惹的祸

早上，阎老太接了个电话，是邮局的，说有一封加急信投递三次都没人收。

阎老太说，我在家呀，哪儿来的？

邮局的人说，干脆我拆开给您念念吧。

阎老太说，好，好！

可是，一念，她就傻了。

信上说她去年在招商银行办了一张信用卡，现欠费 35679 元，银行要从她的存款里强制划款。

阎老太大惊失色，我连招商的庙门朝哪儿开都不知道！

邮局的人说，哎呀，可能是您的身份证被盗用了，您赶紧向公安局报案吧！说着，给了她一个电话。

阎老太急啊，咔咔咔，拨通了。

一个叫张山的警官说，犯罪分子用您的身份证办了十张银行卡，参与贩毒洗钱！

阎老太吓得眼珠儿都麻了，这咋办，这咋办？

张山说，您现在是嫌疑人，所有的存款都要被冻结一年，而且不能出国。

阎老太一听，上牙砸下牙，坏了！孩子刚为我办了新马泰五日游，机票都出了。

张山问，您什么时候走？

阎老太说，哎哟喂，没几天啦！

张山说，您别急，我向检察院申请优先清查您的资金，您看好吗？

阎老太连声说好好！

过了一会儿，张山说申请成功啦，您打这个电话联系吧。说完，也给了一个号。

阎老太拨通电话，嗬，里边真热闹，乱哄哄全是检察院办案的动静。接电话的叫黄涛，亲得就差叫妈了，您放心，我两天就给您办好。您有多少钱？存哪儿了？

阎老太一哆嗦。

黄涛马上说，您不用说密码，没事儿！

阎老太这才踏实，说我有一笔拆迁款，78 万，还没来得及存死期呢。

黄涛说，哎呀，太危险了！您赶快去银行，从机器上把这笔钱打到检察院的保险账号上。千万别跟人说啊，一旦泄密，您就犯法了！

这都什么驴唇马嘴的！人家一个老太太好端端的犯哪家子法啊。可是，当局者迷。阎老太跪在佛龛前，冲菩萨磕了三个响头，踩着锣鼓点儿直奔银行，按对方指点把钱都打了，一颗奔腾的老心才回了窝。

可是，一回到社区，她差点儿疯了。咋啦？王快乐正在院里宣讲防诈骗呢，第一条就是邮局电话诈骗。阎老太惨叫一声，我中枪了！

好么，都急出网语了。

王快乐忙问缘由。

阎老太的嘴皮像按了弹簧，我，我……刚汇了，汇了钱！

王快乐问，是哪家银行？账号还有吗？

阎老太掏出账号。王快乐说，咱死马当活马医吧！拿起手机很快拨通银行客服，按照语音提示输入账号后，连输三次密码。当然，都是瞎按的。客服提示：密码有误，账号被锁！

锁住对方账号后，王快乐马不停蹄，在各方协助下，查到阎老太的钱居然还在！为什么没被划走呢？后来，案件破获，谜底揭晓：阎老太打款时，骗子突然内急，解决回来账号已被锁。瞎猫碰上死耗子！

失而复得，阎老太喜极而泣，拉住王快乐说，这回我可弄明白了，为啥供着菩萨还受骗！

王快乐问，为什么？

都是孙子惹的祸！

您孙子惹什么祸了？

嗨，不知啥时候他把菩萨换成奥特曼了！

二十、你是外星人吗

刘二早就盯上赵局长家了，装修高大上，吊灯亮瞎眼。一打听，这位爷是国土局的头儿，不偷他就白当一回小偷了！

这天半夜，他瞅准赵家无人的机会下了手，从卫生间窗户摸进屋，睁眼一看，我的妈耶，琳琅满目，什么都该偷，光是宜兴紫砂壶就摆了一墙。一拉开衣柜，哇，差点儿疯了，哪儿有衣服啊，一摞一摞又一摞，全是百元大钞。怪不得老百姓没钱呢，全藏这儿了！

刘二很快塞满一麻袋，再多也背不动了。得，收手，去也！没想到，刚爬出窗户落了地，正碰上巡逻的王快乐。

不许动！王快乐暴吼一声。

刘二不但没动，还瘫倒了，鼻子里有出气儿没进气儿。

哎哟喂，跟我玩儿装死？起来！

王快乐踹他一脚，没反应。

再一看，坏了，真要玩儿完！

原来，刘二有先天性心脏病，一惊吓，犯了。

王快乐手忙脚乱呼叫120。管他偷不偷的，先救人吧。

救护车哇哇呜呜，急诊室紧锣密鼓。该着刘二命大，醒过来拉住王快乐的手说，大恩人，我招，我全招！

王快乐当着他的面，把赃款数了一遍，不多不少，正好两百万。刘二认罪，在询问笔录上签字按手印，王快乐连人带赃送往派出所。

所长说，哟嗬，人俱赃获，我马上报功，你就等好吧！

王快乐没等，就这个案件，在社区发动了一场防贼防盗的宣传攻势，家家受教育，户户都警惕。有人说，这位赵局长上班骑破车，皮鞋也磨秃了头儿，想不到，一偷就是两百万！乖乖，真金白银耶！

过了两天，所长找到王快乐，一脸愁苦一脸忧，传说中的“等好”半点儿也没有。

王快乐很郁闷，所长，您这是……

所长问，那天刘二到底偷了赵家多少钱？

王快乐吃了一惊，啊？咱们不是当面清点的吗？

所长抓抓脑壳，问题是，刘二只偷了赵家，还是……还是先偷了别家，再偷的赵家？

王快乐眨眨眼，所长，咱俩还绕弯儿吗？您直说，哪儿不对了？

钱不对了……

啊，少啦？

不，多啦。

多啦？！

赵局长报案，说他家只被偷了十万。

王快乐差点儿晕过去，这……

所长好像回到旧社会，唉，有人打招呼，说赵家就丢了十万，让咱们再核实，问问刘二还偷了谁家？你把询问笔录改改，明天交给我。

王快乐两眼瞪成大核桃。所长说，瞪我干吗？你是外星人吗？

王快乐当然不是外星人。他办了手续，风风火火跑到看守所提审刘二。刘二说，大恩人，我骗谁也不能骗您啊。那天晚上我就偷了赵家，骗您我变王八满地爬！

第二天，王快乐交给所长一张纸，上面写着：关于我贪污并上交赃款一百九十万元的坦白书。坦白人：王快乐。

所长傻眼了。

王快乐笑笑，只有我坦白了，钱才能对得上数！

所长把这张纸攥出了汗。

没想到，三天后传来好消息：赵局长涉贪被纪委带走了，听说当时就拉了裤子。

二十一、滴了嘎滴了嘎

这天，阎老太在街上捡了一个迷路的老太太。

这老太太挑着行李，在惠山长途车站走来走去，不知道该上哪趟车。问她到哪儿去？一张嘴，滴了嘎滴了嘎，完全是机器人，还带金属音儿。阎老太看见觉得可怜，就带回来送到警务室。

王快乐一看，这哪是机器人啊，一标准中国南方老太太！可就是，不识字，不懂话，让人脑壳昏。怎么办？

这时，长途车站喇叭响起来，嘀嘀嘀！王快乐心里一亮，这是东站，此地还有个西站，也许老太太要去的是西站。

于是，他兴冲冲带老人来到西站，逢人就让听老太太说话。忽然，有个老倌儿叫起来，说她讲的是江阴土话，有两个字听出来了：塘头。再听听吧，又哇哇呜了。好吧，总算听出两个字！

王快乐跑去问车站调度，塘头在哪里？

胖调度眼一眯，哦，烫头在理发馆。

得，王快乐也快成老太太了，忙改普通话，塘头在哪里？

调度说，哦，塘头很多哦，无锡就有三个哦！

王快乐一听，晕菜！又问，江阴有塘头吗？

调度说，江阴没有塘头哦！你要去哪个塘头哦？

王快乐说，我哪个塘头也不去哦！

保安说，江阴有人在这里开洗车店，去那些地方打听打听？

又于是，王快乐带着老太太转战洗车店，人家说她讲的不是江阴土话。还说，王警官你累不累啊，送救助站得了！

王快乐说，她不需要救助，需要回家。

可是，走得皮塌嘴歪，问得稀里糊涂，只能带老太太先回派出所。所里同事都被王快乐叫来练耳，没人及格。怎么办？王快乐忽然想到附近有工地，马上跑去叫来一群民工，无锡本地的，扬州的，安徽的，请他们挨个儿听。还是，大眼瞪小眼。

天黑了，老太太两眼打架了。王快乐走投无路，只好送她去救助站，跟值班的说，拜托，我明天再来！

晚上，王快乐在床上翻烙饼。心想，这老太太要是我妈，非急死我！再这样南征北战把老人累垮怎么办？这时，手机叫醒铃咋呼起来。得，一夜没合眼！

但是，王快乐突然开了窍！

他风风火火把老太太又接回所里，从江浙各地110开始，一个一个打电话，让老太太跟对方讲话——

滴了嘎滴了嘎，滴了嘎滴了嘎。

打了一个又一个，谁也听不懂。再打！还打！

终于，温州110听懂了，说老太太不是乐清人就是瑞安人！

啊？王快乐都差点儿帕金森了，马上打到乐清。不对，又转瑞安。

瑞安说，她是瑞安人！跟着，对老太太发出金属音儿。

老太太猛地听见金属音儿，浑身哆嗦，大声说，我叫——

遭殃倒霉！

王快乐也叫起来，还有叫这个的？

瑞安那边笑了，她叫周英弟妹。

老太太居然起了个日本名儿，不怪王快乐脑残。

好啦，名字有啦，各种信息跳出来。原来，老太太家住瑞安仙降镇。听听这地名，她就是一大仙！仗着身体好，常一个人飘出去云游四方。这回来无锡拜灵山大佛，但见，五百米朝圣路遍插佛旗，二百一十八级登云道满植金菊，大佛慈颜微笑广视众生，右手“施无畏印”除天下痛苦，左手“与愿印”给苍生快乐。老太太看不完拜不够，转来转去迷了路。家中儿女正急得火上房，她又从天而降！

二十二、过招疤六

疤六是惠山当地一个混混儿，常带人来跟社区做生意的人收取保护费，有黑社会性质。王快乐跟小老板们说，你们不要信邪，我给你们撑腰，他来了就及时告诉我！开超市的朱老板说，有王警官撑腰，我就不给他！朱老板说到做到。可别的老板当面说不给，背后还悄悄送去。王快乐不快乐，说就是你们这些人给他喂大的，我非要抓个现行治了他！

这天晚上，社区附近突然来了三四辆出租车，停到朱老板的超市门口，每辆车上都下来两三个人，有平头的，有光头的，为首的脸上有疤，正是疤六！来者不善。

王快乐飞跑过去，往超市门口一横，你们要干什么？

疤六说，你少管闲事，警察怎么着？这是我跟超市的事！

王快乐说，有什么事到派出所去说！你今天非要进去，就从我身上踏过去！

这时，有个光头跟疤六说，六爷，咱们撤吧，别跟警察斗了。

疤六说，怎么啦？

光头说，跟警察斗就是跟天斗！

疤六说，谁跟警察斗啦，警察也要讲理！说完，冲王快乐一仰脸，对不？

王快乐说，对，你有什么理要讲？

疤六说，我丢钱了！

王快乐问，丢钱跟超市有什么关系？

疤六说，我的钱是在超市保管柜丢的，不信你去看！

王快乐跟着他来到顾客物品保管柜前。疤六说，我的提包就存放在5号保管柜，里头有七千多块钱。我买完东西出来取包儿，一看，柜门儿被撬开了，包儿还在，钱没啦，所以我要跟朱老板讨个说法！

因为超市不大，朱老板没有投资电子锁，而是装了最简单的别舌小锁。顾客存了物品，小锁一拧，别舌就横过来挡住门儿。顾客把钥匙带走，买完东西后再自行开取。

王快乐蹲下来一看，柜门儿上的锁确实被撬开了。

他把朱老板叫来问，疤六来买过东西存过提包吗？

朱老板说，疤六刚才是来买过东西，也存了提包，后来他就说柜门儿被撬了，钱丢了，让我赔。我说你丢了钱可以去报案，凭什么叫我赔啊？再说谁知道你丢没丢？他说你等着，就带人来了。

疤六在这一带混得“名气刮啦啦”，谁敢偷他的东西？分明是来报复的！王快乐这样想着，又蹲下来仔细察看门锁。这一看，他笑了。说，疤六，你自己来看看！如果是外人硬撬的，别舌应该是向里弯。现在，别舌怎么会向外弯呢？方向反了！

疤六嘟囔着，这是怎么回事？

王快乐说，难道你还不清楚吗？这是你自己用钥匙打开柜门儿后，顺手把别舌弯过来的。你干这个是头一回吧，弯错方向啦。说着，他突然提高了声音，你伪造现场敲诈，是不是?!

疤六一看事情败露，刚要翻脸，门外警笛大作。

接到协警小吴报警，特警们秒杀赶到，一网打尽！

事后，小吴直伸大拇指。王快乐笑笑，好汉不提当时勇。过后我也吓出一身汗，这帮家伙真动起手，我就进残联了！

二十三、茅屋为秋风所破歌

锡北运河绕社区流过，河上的旧桥落后于日新月异，政府决定重建。可是，桥下住着一户人家，影响施工。谁呀？陈友。

说起陈友，也够可怜。二十多年前因为一起冤案入狱，家散了，房也没了。平反出来后，住处一直没落实，他就在桥边搭了两间茅屋，靠捞河沙出售为生。现在，要他挪窝，陈友提出，要么给三十万拆迁补偿他去买房，要么给一套现成的房子。

拆迁办刁主任鹰眼一瞪，给他三十万大砖头！茅屋是违章建筑，拆无赦！拆迁队，给我上！

好家伙，要强拆。

陈友哪儿吃这套？把三个煤气罐摆在门口，浇上汽油，手举打火机，来吧！老子反正活够了！

敢死队不敢死，跑得比兔子还快。

刁主任气急败坏，花钱有你们，挣钱就不行了！

拆迁队的人说，你不怕死你上啊！

刁主任还嘴硬，谁说我不怕死啦？啊？

钉子户很钉子。区政府请公安出面，派出所派到王快乐头上。

王快乐跟刁主任说，人家也是人，也要生存。你们实事求是，就给三十万不行吗？

刁主任说，钱不是问题，问题是没钱。违章建筑不存在拆迁补偿，区政府罗主任没给这笔钱。

王快乐风风火火来到罗主任办公室，进屋就把一卷儿铺盖放地上。

罗主任一头雾水，这是干什么？

王快乐说，后边还有呢，桌椅板凳床！刁主任说你没给他钱，陈友拆了茅屋没得住，只能先在你这儿凑合了。卫生间在哪儿？他一家子得拉屎撒尿啊！

罗主任急了，你这不是要我命吗？

他把刁主任找来，两人一商量，明补每平方米给陈友四千，暗补施工进他的沙子。

陈友听了传达，心想建桥需要大量沙子，算下来比明补钱多，就答应以进沙为条件拆茅屋。王快乐很高兴，马上去为他联系周转用房。不料，施工方提出，建桥百年大计，陈友的沙子不理想，只能用于桥两侧护路。

陈友一听，那才用多少？马上翻脸说，没有三十万别开工。

刁主任忽然哈哈大笑，你敬酒不吃吃罚酒，我昨天叫人重新测量了，建桥用不着拆你的茅屋，擦着边儿就能建！

陈友气急败坏，只要开工有噪音，我就点火炸煤气！

开工哪能没噪音呢？

王快乐抓抓大脑壳，计上心来。他申请求见主管城建的黄副区长，说有人要破坏新桥。黄副区长一听，马上有请王快乐。

王快乐扛着一大卷儿图纸进来，摊在桌子上。

这是他跟罗主任要的新桥效果图，他给彩喷放大了。

黄副区长问，真的有人想破坏吗？

王快乐说，您看，已经破坏了！

黄副区长一看，皱紧了眉头，只见新桥下有两间茅屋，歪歪扭扭，摇摇欲坠。

这正是陈友现在的家。王快乐照了相，也放大彩喷出来，粘贴在了桥下，真是大煞风景啊！他说，副区长，新桥通车当天，市长书记都来剪彩，他们忽然看到桥下茅屋为秋风所破，会怎样想？

黄副区长说，那我不是找挨骂吗？

于是，遗留二十年的问题彻底解决。

陈友搬进了新居。桥呢，也顺利施工。

二十四、空心汤圆

张车是外来户。看他这名字起的！自从来到社区，就跟车打交道，开一辆破车为纺织户送货，没黑没白挣辛苦钱。他管纺织户叫老板，一来二去熟了，工钱就不一趟一结了。有十天半个月的，也有更长的。偏偏在这上面出了毛病。

一天，他跟一户女老板结账，女老板不认。张车憋了一肚子气，忽然看见她丈夫骑着摩托车过来，飞身上去就把车抢了。

女老板的丈夫还以为碰上了劫匪，饶命啊！

张车说，要你命有甚用？你老婆不给我工钱，我就扣你车！

女老板赶紧报警。王快乐一听，大白天的，抢劫啊！来到现场一了解，原来如此。这要处理起来，往大说，张车能吃官司；往小说，能握手言和。于是，王快乐通知社区干部，叫张车过来调解。

费尽千言万语，调解成功，各得其所。

可是，王快乐还没快乐够，有人就跑来告诉他，说张车到处讲你伸手要钱！王快乐头都大了，这是从哪儿说起呢？

第二天，他去菜市场巡查，一个老奶奶远远招手，快乐啊，你吃空心汤圆啦！

当地话，吃空心汤圆就是吃冤枉。明明看见你吃了汤圆，其实里头没馅儿！

王快乐听出来了，老人在为他打抱不平。他笑笑说，大妈，谢谢您，沙沉水自清。

王快乐到底是王快乐，他没有去找张车，仍旧快快乐乐。

过了几天，张车却来找他了。

王快乐问，有什么事需要我帮助吗？

张车的脸一下子红了，半天才说，又有人欠我钱了。

王快乐问，谁？

张车说，黄老板！他说少了一箱货。

王快乐说，好，我跟你去找他。

调解再次成功，两满意。

回来的路上，张车说，王警官，你真好！

王快乐笑了，那你为什么还请我吃空心汤圆？

张车使劲儿拍拍脑壳。

原来，为了扣摩托的事，社区干部通知他来见王快乐。他怕吃官司，就掏出三百块给那干部，让他送给王快乐。后来，调解成功，干部让他摆席感谢。他说好好。干部又说，算了，吃吃喝喝让人家讲闲话，席别摆了，你再拿二百给王警官吧。得，张车又掏了二百。讨回的钱总共六百块，连去五百，还剩一百。张车很憋屈，就哇哇出去了。

王快乐听他这样一讲，笑了，说你也吃了空心汤圆啊！

王快乐马上找到那个干部，他一见王快乐就结巴了。

王快乐说，你打算怎么办？

他说，我知罪，给你道歉，给张车道歉，现在我就把钱还给他。

王快乐说，知错就好，可还钱也许没那么简单。

果然，当这位干部找上门来，张车正写状子呢。要把他告到区里，告到市里，让他身败名裂！

干部急忙打电话央求王快乐……

二十五、老贡收破烂儿

老贡是收破烂儿的。像他这样收破烂儿的很多，进出社区没人管，不仅有销赃隐患，安全也成问题，有时收破烂儿的还为抢生意发生冲突。

王快乐决心整治乱象，堵住销赃源头。这天，他去老贡的库房检查，恰巧老贡返乡了，他老婆在。库房是居委会租给老贡的，王快乐在里面发现一卷儿铜丝，还有一些铜块儿。

他问，这是什么？

老贡的老婆装二，说不知道。

王快乐笑了，你不知道我告诉你，这叫工业用铜，不属于收废品范围，我要依法没收。你告诉老贡，让他去派出所接受罚款处理！

第二天上午，王快乐穿着便服正在居委会办事，老贡进来了。两人没见过面。居委会张主任起身迎上去，老贡，回来啦？老贡没吭声。老贡租用居委会的库房有年头儿了，是居委会不小的收入，所以张主任对他很客气。她看老贡黑着脸，又问，怎么啦？

老贡说，库房我不租了！

张主任愣了，怎么了？

老贡说，现在生意太难做了，也赚不到钱。警务室新来一“宗生”，好凶！没收我东西，还叫我去交罚款。我没法儿干了！

“宗生”，无锡土话，畜生。

张主任听了很尴尬，忙指着王快乐说，这就是王警官！

老贡吓了一跳。

王快乐笑了笑，你好好看看，我这“宗生”到底有多凶？

老贡的脸一下子紫了，啪地打了自己一个嘴巴，王警官，我有眼不识泰山，您大人不记小人过！说着，还要打，被王快乐拦住。

王快乐说，咱们一回生二回熟。你收废品不能超范围，要收了偷来的东西就是销赃。那些铜可能就是偷的。我们防盗要两边抓，一抓防，二抓销。对不？

老贡说，对是对，可不收这些东西不挣钱，我不想干了。

王快乐问，当真？

老贡答，当真。

王快乐说，那好，明天就解除合同，腾清库房！

老贡愣了，悻悻而去。

张主任也愣了，皱紧眉头。

天没黑，老贡就跑来找王快乐，说我不想走了。

王快乐笑了，不走好，但往后要遵纪守法。

老贡说，必须的！过了一会儿，又小声问，我听说，你要指定一家人承包社区的破烂儿，别人不许随便进来收，是吗？

王快乐说，没错！这样方便管理，社区也安全。我原计划明天开个会，以招标方式竞争，谁家给的库房租金高，谁家就承包收废品。

老贡叫起来，乖乖，社区这么大，要发财呀！

王快乐说，所以你又不想走了？

老贡点点头。

王快乐说，不过，别人给的也许比你现在的高啊！

老贡说，他高我也高！同等条件下，我作为库房老承租人有优先权！

王快乐说，你什么都明白！

结果，库房租金不但没少，反而多了！

张主任笑开了花。

收废品规范了，社区安全了。

年底，老贡真的发财了，非要请王快乐吃饭。

王快乐问，你打算花多少钱？

老贡说，怎么也花个五六百！

王快乐说，好，这饭就当我吃了。明年承包费怎么也要提高个五六百！

二十六、吴彩花算命

刚吃了午饭，电话就响了。吴彩花大妈报警。什么事？一说，吓了王快乐一跳。王警官，你快来吧，我马上就死啦，马上！

啊？这还了得！王快乐恨不得变成鸟儿飞过去。吴大妈是独居老人，今年六十有八，是王快乐重点关注的重点，可不能有半点儿闪失。

赶到大妈家一看，嗨，大夏天的，到处关得严丝合缝儿，连窗户都用床单堵死了，屋里半点儿风都没有。吴大妈躲在衣柜里，捂得满头冒虚汗。

王快乐问，您这是干吗呀？

吴大妈说，邻居放毒，熏得我喘不上气儿，活不了啦！

王快乐一闻，哪儿有毒啊，纯粹是关门闭户憋的。

他把床单取下来，把窗户打开，屋里进了风，吴大妈像放回水里的鱼，不一会儿就摇头晃脑。

王快乐问，谁说邻居放毒啊？

吴大妈说，算命先生。

王快乐说，您别听他的，别算命啦！

吴大妈应得脆生生，哎！

过了两天，她又报警，说我马上就饿死啦！

王快乐抓起两个馒头跑过去，一看，灶上放着锅，锅里还有饭。

吴大妈说，算命先生说如果我今天点不着火，死期就到了。刚才我热饭吃，就是点不着火。你看，算得多准！

王快乐笑了，您再点个我看看！

吴大妈又点，真的点不着。

嗨，她用的是老式燃气灶，得拿火柴点，让算命的一吓，手哆嗦得不听使唤，难怪点不着。

王快乐说，算命的问您用什么灶了吗？

吴大妈说，问啦，我说是老式的。

王快乐说，您别听他忽悠！我给您换个自动点火的再试试。

结果，换了，一试，啪啪啪！怎么打怎么着。

王快乐说，您别再去算命啦！

吴大妈脆生生，哎！

再过两天，她又来找王快乐，说这回真算准了！我为什么穷？就是名字没起好。彩，就是财，财就是钱。吴彩花，就是无钱花！算命先生给我重起了，叫吴鹊彩，就是不缺钱！你给我批个字，我好去派出所改名！

王快乐禁不住磨，只好批了字。理由写：因为重名太多，户主要求更名。

得，大妈，我服您啦，您可别再算命啦！

哎！

谁知，过了两天，吴大妈又来了，说她买菜丢了钱，算命的说她命里缺木，名字还得改，就叫吴帐丹！帐有巾，巾为棉，棉有木。吴帐丹，就是没账单，不差钱！

这都什么乱七八糟的！大妈，您别听他骗您钱啦。再说，名字也不能老改啊！

吴大妈死缠烂打，王快乐只好又提起笔。

吴大妈拿着批条来到服务窗口，接待员接过来就笑了。

吴大妈也笑了，这回名字改得好吧？

接待员说，大妈，我给您念念啊，这上面写的：大妈又被骗子忽悠了，让她回来找我！

啊？吴大妈很生气，噔噔噔，跑回警务室。一看，王快乐没在，协警小吴正摆弄录像呢。吴大妈一看就傻眼了，录像里放的就是那个算命先生，正低头顺脑地交代，我假装算命，专骗老年人的钱……

二十七、比这雷锋的还有没有

泥瓦匠好手艺。墙面本来不平，抹子来回一抹，得，平了。美！

王快乐在社区当民警，也是泥瓦匠。老话儿说，自己的牙还咬舌头呢，邻里磕碰更难免。咋办？两头儿抹平。

这天，两个六十多岁的老邻居打架，一个姓张，一个姓黄。

张大爷的儿子来看他，小车停在楼门口。黄大爷回家，见车挡路就骂了一句，这是哪个蛮娘生的？

无锡当地话，蛮娘就是小老婆。

张大爷一听气歪了嘴，冲出来就吵。吵着吵着动起手。

王快乐闻声赶到。黄老爷子眼上已吃了一老拳，肿成大窝头。眉骨骨折，住院了。得，不用鉴定，最少也是轻伤。闹起来，折腾到法院也说不定。要命的是，他儿子是律师耶！

王快乐心想，这两个老头儿，一无冤二无仇，纯属瞎较劲，有抹平的可能。他赶到医院，一是看望，二是探探黄老爷子口气。见了面，问了安，现编了几句谎话，唉，张大爷打了您，后悔一晚上，肠子都青了。他说对不起您，想来医院看您！

黄大爷两眼瞪成牛蛋。他来？我把他踢出去！

好么，老愤青啊，把张大爷当球儿了。虽然叫得山响，可叫完了眼角又闪过一丝难以捕捉的笑。

王快乐多贼啊，捉到啦！

他马上找到张大爷。张大爷很紧张，不知道对方伤得如何。

王快乐说，您愿不愿听我的？

张大爷说，叫我怎么搞？

您打了人，应不应该去医院看看赔个不是？

应该，可我不去！该赔多少赔多少。

为什么？

万一他儿子在，还不把我打死？

我陪您去行不？有我在，谁动手我不客气。您要不去，黄大爷肯定来气，过几天谈赔偿，您不占理，他可能就开高价。

张大爷听出这是为他好，就答应了，说我去买点儿水果，看病人没空手的。

王快乐说，这就对了。到了医院我先进去，您听见我咳嗽再进来。

张大爷说，你先咳嗽一声我听听，别错了。

王快乐就咳嗽一声。

张大爷说，像猫叫！

结果，医院一场戏，两个老头儿演得很本色！

接下来，赔偿也迎刃而解。住院看病，大夫黑黑的来，明明伤了眼睛，连屁股都查了，花了一万七。张大爷一次付清。

黄大爷说，你拿钱，我也肝儿疼。可这钱让谁吃了？医院！

张大爷苦笑笑，得，让您受罪了。

黄大爷说，谁叫我吃饱了撑的！

老哥俩儿好了，可黄大爷的律师儿子不干，说还有误工费呢！

黄大爷抽他一巴掌，我早退休了，哪儿来的误工费？

儿子说，不是您的，是我的。我请假照顾您，误了多少工呀？再说，营养费、精神损失费，也得给点儿吧。

黄大爷又抬起巴掌，滚一边儿去，又不是打官司告状，用不着你跟这儿律！

张大爷还要再拿两千块，黄大爷死活不接。

王快乐说，比这雷锋的还有没有？黄大爷，您就收下吧。

黄大爷说，得，我听王警官的。

最后，只收了五百块。

张大爷唉唉的，感动得直喘。

二十八、嘴都说肿了

周末，又到王快乐为民服务日了。他刚在社区门口扯起横幅摆上摊儿，忽听有人喊，打架啦！打架啦！他丢下摊儿忙跑过去，直跑得呼哧带喘一身汗。

谁跟谁呀？

楼上楼下俩邻居。

一边儿是年轻女人，细皮嫩肉。一边儿是老头儿，七老八十。

你抓我挠，你踢我咬。

王快乐上前一步，把他们拉开。干吗？你们这是干吗？

女人说，你问他！

老人说，你问狗！

王快乐笑了，谁是狗？

汪汪汪！是狗的回答了。

一只小京巴冲王快乐叫起来。

嗨，祸起小京巴。为了这摇头摆尾的小东西，邻居双方纠结已久。楼下的女人呢，对自己的狗狗喜欢得不得了，一天到晚抱在怀里，儿子，儿子，脸对脸亲个没够。楼上的老头儿呢，有一个小孙子，也宝贝得了不得，孙子，孙子，含在嘴里怕化了，顶在头上怕摔着。去年，小孙子上一年级，回家时招狗，被咬了一口。女人连连道歉，打针费、营养费，样样付出。可是，老头儿不要钱，他心疼孙子。此后，每天上学下学，他都要陪护孙子，生怕再来一口。

这天出门，他刚好看见小京巴，就骂了一句，你怎么到现在还不死啊！

女人听见很生气，说就算我们咬了你，我赔了多少钱啊，两千块呀，你有完没完？

老头儿说，你那破钱算什么？我孙子被你这疯狗咬了说不定也会疯！我今天非要把这狗弄死不可！

说着，就要抄家伙。

女人花容变色，直接上了肢体。

结果，相骂无好言，相打无好拳。她把老头儿耳朵咬破了，老头儿把她鼻子扇出血。幸亏王快乐及时赶到，两人才放过对方脸上的其他部位。

王快乐拉架过后，又楼上楼下跑了七八趟，做双方调解工作。

大道理，小道理，掰开了，揉碎了，嘴都说肿了，谁也不让步，主要矛盾就是狗。

老头儿说，除非她把狗弄掉。

女人说，没有法律不许我养狗。

王快乐抓耳挠腮，不知如何是好。主攻不下，只能迂回。这时，有人悄悄告诉他，这女的有个男朋友，两人马上要结婚了。

王快乐喜出望外，说老天爷你真可怜我这鸭梨脸！

他提上水果，笑眯眯登门拜访准新郎。准新郎明事理，买了时装来找准新娘，先把小可爱送到我家养吧，反正你也快搬过来了。

得，铃铛解下，死结松开，一老一小握手言和。因为都受了伤，又争着赔偿对方。

老头儿说，我要多赔你，你鼻子受了伤。

女人说，不不不，您的耳朵……

看到这个场面，王快乐也动了容。

楼道平静了，社区和顺了。老百姓说，这样难的事，王警官都办好了，赞一个！

二十九、不要鬼喊了

跟我学啊，来，张大嘴！啊——

在医生的启蒙下，王快乐大嘴张成河马。

医生瞪眼往里一看，哎哟喂，都长息肉了，怪不得公鸭嗓儿。这都是老师爱得的病，你怎么搞的？

王快乐笑而不答，沉默是金。

社区城郊接合，自行车、电瓶车常常被偷，防不胜防。为了提醒居民，每天天一黑，王快乐一手端大茶缸，一手举大喇叭，在社区里转着吆喝——

各位居民请注意，关好门窗，车辆上锁！

居民们听到喊声，纷纷行动。哗哗哗！关紧窗户；咔咔咔！锁好大门；从楼上跑到楼下，再次检查车锁了没有。没锁的，锁起来。还有的，“母猪上树”，干脆把自行车扛上楼，绑在楼梯扶手上；电瓶车扛不动，就费点儿事，推到存车棚去，有人看管。

你想想，天天这样喊，能不公鸭吗？

这天晚上，王快乐手拿“二大”，正喊得脖筋扯，楼上忽然有人推开窗子探出头，叫了一声，不要鬼喊了！听得人心惶惶的，快上来喝杯茶吧！

王快乐抬头一看，是鬼点子老罗。

老罗说，你天天喊是一招，这叫防。要我说，还要再来一招，抓！

王快乐说，好，接着讲！

老罗说，我想了个点子，不知行不行？我跟你说说啊……

这天晚上，按老罗的点子行动起来。王快乐带着几个保安，把一辆新电瓶车放进死胡同，把口子扎住。扎口子，就是埋伏在胡同四周，不说话不抽烟。可是，近了怕露马脚，远了又看不见，怎么办？老罗鬼点子多，弄了两根长头发丝，接起来，一头连着车把，另一头绕在啤酒瓶上，然后把酒瓶立于窗台。小偷一动车，酒瓶就立不稳。

瓶摔为号，伏兵即冲。

好了，机关安好。人员藏好。心情很好。

月黑风高，等啊等，等啊等。小偷真考验人啊，左等不来，右等不来，饥寒交迫，人困马乏。退意正生，突然，啪啦啦！酒瓶摔了！

王快乐公鸭嗓儿一颤，上！

四下里冲进胡同，脑壳撞脑壳，脚打屁股蛋儿。后进去的抢上一步，抓出一个，看你哪儿跑！被抓的哀号一声，啊唷！轻点儿扭，轻点儿扭，自己人！一看，八路军抓了游击队。

再一看，电瓶车平安无事。

正莫名惊诧，喵！一只肥猫蹿过王快乐头顶，灌了他一脖子尿。

嗨呀，味道好极了！

猫闯禁区难灭斗志，四面埋伏继续上演。好饭不怕晚，抓贼急不得。终于有一天，头发丝立功，刚刚得手的偷车贼被抓了个正着。

社区居民喜大普奔，形同过节。可是，扭送上去，又被有关部门退了回来，说是“犯罪未遂”。

老罗吼起来，人赃俱获，锁都撬翻了，咋还叫未遂？

回答说，车没移走 20 米，就叫未遂。

王快乐的公鸭嗓儿一下子豁亮了，移走 20 米？早跑球了！

三十、犯罪已遂

几天前，王快乐带领保安抓住一个偷电瓶车的贼，想不到被有关部门退回来，说车没移走 20 米，属“犯罪未遂”。好吧，那就再抓“犯罪已遂”，打掉偷车贼的嚣张，还社区平安。

这天晚上，一切布置到位：把一辆新车卸下电池停在常丢车的地方；楼上架起摄像机取证；跟居民借了一辆面包车靠在附近，车窗玻璃贴了茶色膜，从里看外一清二楚，从外看里暗无天日。王快乐带着一个保安蹲守车中，其他保安四下埋伏。

得，万事俱备，只欠贼来。

夜里一点多钟，路上突然开来一辆出租车，离新电瓶车十多米远停下，从车里下来一个人，他一下子就盯住这辆新车。一招手，车里又下来一个，两人嘀咕几句，直奔新车而去。这时候，出租车继续向前开走了。两贼快步来到新车前，一个对付前锁，一个对付后锁，眨眼工夫，前后锁被秒杀。王快乐大惊然崩！这话怎么解释？原来，他以为贼要撬锁，想不到人家根本没撬，不知用的什么东西，三下五去二！王快乐大吃一惊，然后崩溃，心说这些贼功夫了得，前后两把锁，用钥匙开都要拧好几圈儿，到他们手里怎么就成神话了？嗯，逮住后不能马上送走，先跟他们学两招儿，艺不压身啊，呵呵。

两贼得手后，推起车就走。没电池，只能推。王快乐用对讲机指挥各路人马，听我号令，等他们推够数儿了再动手！

够什么数儿啊？20 米呗！你说警察有多难，抓贼还要数学好。

两贼没走几步，忽然停下了！一个贼扶着车，另一个贼扭过头，直冲面包车走来。一摇一晃，凶神恶煞。啊，发现我们了？怎么办？冲出去，前功尽弃；坐车里，也不对。迟疑间，贼越走越近，一步，两步，三步，都能看到他脸飞横肉了。保安上牙磕下牙，王快乐也听见自己的心跳。千钧一发，他茅塞顿开：我俩穿着便装，老百姓一个，躺在私家车里碍他什么事？以静制动，看他如何！王快乐摸到一把安全锤，扭脸对保安说，别怕，假装睡觉！

两人刚闭上眼，贼就站到了车前。

只见他，目露凶光，手往腰里一掏……

最后关头到了，快乐举起安全锤，有种的，来吧！

嗨呀，没想到，这家伙，哗哗哗，撒了一泡尿！

王快乐怒笑皆非，好个贼猴儿，今天让你尝尝如来佛的厉害！

眼见贼把车推出 20 米开外，王快乐大喊一声，上！

保安四下扑来，黑云压城。两贼弃车就逃。

就在这时，猛听呜的一声，出租车直冲过来。王快乐惊叫一声，保安抽身躲闪。出租车在行进中突然打开门，伸出手来把两个贼拽进车里。呜呜呜！眨眼工夫没影了。

犯罪已遂！想跑？王快乐立呼 110，报上车型和车号……

三十一、施耐庵来也

天凉好个秋。这天早上，王快乐刚走出警务室，准备去社区转转，一个小伙子迎上来，二话不说就要跪下。

王快乐赶紧扶起，你叫什么？

小伙子说，我叫施耐庵……

王快乐一愣，施耐庵？耳熟啊！

小伙子说，重名重姓。《水浒传》不是我写的……

王快乐说，难怪。你有什么需要我帮助？

施耐庵说，我过不下去了！

王快乐一听事儿不小，别急，慢慢说，没有过不去的火焰山。

原来，施耐庵的哥哥患了精神病，不犯还好，犯起来就操刀弄棒，刚说自己是林冲，一会儿又变鲁智深了。不光嘴上说，举起菜刀真砍。昨天三打祝家庄把老妈砍伤了，今天又要血溅狮子楼。

施耐庵说，老妈住院需要他照顾，老爸在家万一管不住，哥哥跑出去要闯大祸。这日子没法过！说着就哭起来，王警官，你能不能把我哥送医院啊，求求你了！我身上只有一千块钱……

王快乐说，你快把钱收起来，我这就去联系医院！

可是，当他来到医院，才知道这个火焰山不好过。院长一脸旧社会，你去看看，哪儿还有床位？再说，钱从哪儿来？压力山大啊，我都快成精神病了。那天举起自己的手就当猪蹄儿啃，要不是被护士拦住，我早入残联了。王警官，这样吧，你先在我这个位子上坐几天，我找个地方去吃镇定药，行不？

王快乐说，您饶了我吧！

院长说，要不，你去救助站试试？那儿有人管，白吃白住。犯了病拉过来打几针，好了再送回去。

王快乐喜出望外，哎，这倒是个办法！

他兴冲冲赶到救助站，办事员两眼瞪成牛蛋，白吃白住？谁说的？真有这么美，您先救助救助我吧！这儿是中转站，找到家就送回去。您说的这位本来就有家，不能收！

牛蛋眼说什么，王快乐根本没听，墙上挂的站领导公示栏吸引了他。主任范长山？这不是老范吗？当兵就在一个班，后来，他当了营教导员，我当了副营长……

王快乐问，你们范主任在吗？

牛蛋眼说，不在！找谁都没用！

话音刚落，门口就有人说，你怎么知道找我没用？

来人正是范长山。王快乐，你鼻子可真尖，我调来不到十天，你就闻着味儿啦？

王快乐扑上去搂住他，到底是老战友，一点儿都没忘！

范长山说，你一口气吃九十个饺子，放一千个屁！谁忘得了？说吧，什么事？

王快乐竹筒倒豆子。

范长山皱起眉头，像这样有名有姓又有家的，按理救助站不能收。

王快乐眼睛一亮，你忘了灵活机动的战略战术啦？要是他没名没姓又没家，不就符合条件了吗？

范长山说，老天爷，你让我犯一回错儿吧！

王快乐装成老天爷，熊孩子，只给你这一次机会哦！

就这样，施耐庵的哥哥成了三无人员，编了一个号：286，住进救助站。通过救助站送医院治疗，病情一天天好转。医生说，他有救，好了就能回家。施耐庵听了，抱住王快乐就哭。

王快乐说，你别哭了。

施耐庵说，水浒没泪，就成水许了！

三十二、系铃解铃

居委会有大小两间闲置房屋，原来租给河南人鲁飞两口子卖水果，合同到期后，决定转租给本社区居民张姐，出售无锡民间工艺品。当然，首推誉满神州名扬四海的惠山泥人大阿福。

鲁飞两口子还没找到地方搬，腾出大屋后暂时住在小屋里。

这天下午，张姐装修大屋遇到了麻烦，水龙头在小屋里，两口子死活不让接水。甭问，这是对居委会不续租有气。给张姐帮工的小段猛地拽开门，一拳把鲁飞打了个口鼻淌血。鲁飞捂着鼻子报警，张姐一推小段，你快走，警察来了我支着！

王快乐接警赶到，一看鲁飞满脸是血，说先去医院吧！遂带双方来到医院。还好，只是皮肉伤，缝针抹药完事。

回来的路上，王快乐说，一个不让接水，一个动手打人，都不占理。你们想怎么解决啊？

两口子叫起来，赔钱！不给五万别想开张！

张姐一听火了，我给你五万大嘴巴！

双方大吵大闹，不依不饶，王快乐怎么劝也没用。眼看路过派出所了，他说，这样吧，都跟我进派出所去，这儿解决不了，还有分局呢。说着，把三个人领进派出所，找了间空屋子，说你们在这儿等着啊，我去叫所长！说完，把门带上。走了。

这一走，天黑都没回来。

问谁，谁都说不管这事儿。

三个人窝在黑屋里，大眼瞪小眼，谁也不理谁。后来，看派出所人来人往的，没人理这事儿，就开始发慌了。你看我一眼，我看你一眼，都想说话，可谁也不先开口。

不一会儿，进来一个警察，你们商量好没有？啊？还没有！我可告诉你们啊，这儿不能过夜，我待会儿叫警车把你们都拉分局去。到了分局，顺便把你们以前干过的坏事都抖搂抖搂！

说完，砰地关上门，冲门外大声喊，拿手铐来，准备往分局送人！

鲁飞一听，害怕了，张姐，要不别去分局了。

张姐呢，当然也不愿意去。嘴上却说，去就去呗，反正我也没干过什么坏事！

鲁飞媳妇说，姐，俺们错了。俺们不要赔了，中不？

张姐问，真的？

鲁飞说，真的，俺们不要赔了。

张姐说，王警官说得对，你们不让接水不对，我们打人也不对。这样吧，姐拿三百给你们。

两口子争着说，谢谢姐，谢谢姐，回去就接水吧。

三个人商量好了，一起往外走。刚到传达室，就被守门的警察拦住。嘿，嘿，你们这是干吗？往哪儿走？

两口子赶紧说，俺们和好了，没事了，没事了。

话音刚落，王快乐从传达室里屋走出来，怎么啦？所长开会还没回来呢，你们不等了？

张姐瞪他一眼，王快乐假装没看见，你们和好了？

两口子抢着说，和好了，和好了！

张姐说，我拿三百给他们。

王快乐笑了，哎哟喂，真不少！赶明儿你也叫人打我一顿吧，给两百就行。说完，拿出调解书，让双方签了字。

回去后，小段问，张姐，怎么解决的？

张姐说，一分没花，王警官还说赶明儿让你也打他一顿呢！

小段一缩脖儿，我的那个妈耶，吓死谁！

三十三、死活不开门

请看，五四三。

这是什么？

王快乐的家访密码。

五时机——乔迁时，上门问有没有需要帮助的；电话求助时，上门解决；办户口证件时，上门服务；发生纠纷时，上门劝解；案件多发时，上门提醒支着儿。

四注意——注意礼貌；说话带笑；尊重习俗；因人而异。如家中只有妇女，要带女同胞去。

三必到——报警必到；有难必到；求“捧场”必到。

你就说吧，为了搞好家访，鸭梨脸掉了多少头发！

可是，密码再绝，人家死活不开门，他还有招儿吗？

谁呀？外来户胡二一。

瞧这名儿起的，五四三二一！

胡二一租住在9栋6楼，夫妻俩带个孩子，以卖菜为生。王快乐要登记暂住人口，办暂住证。胡二一死活不开门。白天家里没人，孩子上学走了，夫妻俩推车卖菜没准地方；晚上看到灯亮了，赶紧上去敲门。明明在家，装听不见。一趟，两趟，每次敲门，左右邻居甚至楼下的都来了，王警官，求您别敲了，敲得我们心慌心跳的。他们家不会开门的。他不配合，您配合配合吧！

王快乐抓抓脑壳，只好作罢。

这天早上，胡二一打110，说门打不开了，孩子上学出不去，急！

110指挥中心把报警转给了王快乐。

报警必到，这是“三必到”之首啊！王快乐跑上楼去一看，全明白了。胡二一的房子安的是栅栏式老防盗门，往里开的木门上有个拉手，拉手上缠着一根铁丝，拽出头儿来又缠在防盗门的栅栏上。这样一来，木门就打不开了。胡二一急得没招儿，就打电话报警。

王快乐把铁丝扭下来，门就打开了。

胡二一冲王快乐叫起来，好啊，这是你搞的鬼！

王快乐笑了，什么叫狗咬吕洞宾？你报警，我跑来帮你打开，难道还错了吗？为了登记暂住人口，我到你家来过多少趟？我依法办事，你也要依法居住。登记是对你管理，更是对你爱护，你为什么死活不开门呢？

胡二一说，我不开门，你也不能这样搞鬼！

王快乐说，你怎么认定是我搞的鬼呢？我敲你家门，把街坊四邻都惊动了，大家都反感你，谁都可能用自己的方式表示对你的不满！

胡二一说，照你这样说，全楼十几户人家都有搞鬼嫌疑了？

王快乐笑了，咱俩争到天黑能当饭吃吗？还是干点儿实事，你先登记了，赶紧去卖菜吧！

胡二一眨眨眼，听说登记了，每月要收二百块暂住费？

王快乐说，我还听说你卖的土豆是树上结的呢！

过了几天，胡二一外出卖菜，不小心摔一跤，人摔迷糊了。警察问他住哪儿，他都说不清，就会说自己叫胡二一。因为他登记了暂住，一查，住幸福社区，很快通知了王快乐。

王快乐赶来，及时送他去了医院，伤情得到救治。

出院后，胡二一拉着王快乐的手说，多亏你捆了我的门，让我登了记啊！

王快乐笑了，你怎么还迷糊着哪！

三十四、还是表扬好

王快乐是个闲不住的人，用不着跟谁商量，自己就取消了双休日，不是在大门口摆摊儿服务，就是在社区里转，看老百姓有什么需要。

这天，他正在社区里转，农民工小田迎面走来，一脸苦大仇深。

王快乐问，怎么啦？

小田说，倒霉死了，我的皮夹丢了！

王快乐一愣，噢，皮夹里面有什么？

小田说，身份证、银行卡、发票，还有一千多块钱。

王快乐一听，哦，东西不少！怎么丢的？

小田狠捶脑壳一下，嗨，想不起来了，反正没出社区！又说，王警官，我就是说说，没抱什么希望，您别往心里去！

小田说完，急匆匆去工地上工了。他没抱希望，王快乐却抱希望。他顺着通往出租房的路，边走边找，两眼不闲。路口上，有个修自行车的摊子，摊主赵师傅跟他关系不错，常到警务室坐坐，喝喝茶。

王快乐走上前问，赵师傅，您看见有人捡到皮夹吗？

赵师傅停下手里的活儿，拿眼朝对面的水果铺一斜，我看见女老板好像捡了一个！

王快乐心里一亮！又一想，如果她不承认怎么办？怎么让她把皮夹交出来又不伤她面子呢？

王快乐走进商铺，对女老板笑着说，大姐，您做了一件大好事！

女老板一愣，说我做了什么好事啊？

王快乐说，您捡了一个皮夹，我代表失主前来感谢您！

王快乐单刀直入，又满面春风。

女老板被他这样一说，不好意思了，以为王快乐从监控里看到了，赶紧说，是的，是的，我是捡了一个皮夹！说完，把桌子抽屉拉开，拿出皮夹交给了王快乐。

王快乐说，我再次感谢您啊！

女老板更会说话，谢什么，应该的啊，我正想忙完了给您送去呢！

王快乐来到出租房，小田的父母都在。他把情况一说，小田的父亲一下子跳起来，马上打电话给儿子。小田闻讯立刻赶回家。

王快乐说，你看一下东西对不对？

小田一看，一样也没少！

他把皮夹往桌上一放，噌地一下又跑出去了。

王快乐正感到纳闷儿，小田又跑回来了，手里多了两条烟。

原来，他去买了两条软中华回来，非要感谢王快乐。

王快乐说，你心意我领了！你出来打工不容易，这烟我不能要，你把它退了吧！

小田死活不肯，说烟店卖出去的烟不给退，怕被假烟调了包儿！

王快乐说，我跟你去！

来到烟店，离着老远，王快乐就跟老板娘打招呼，昨天工商局叫我去开会，打击假烟。我说，我们社区的烟店奉公守法，从来都不卖假烟！

老板娘一听，笑得合不拢嘴，王警官，谢谢您美言啊，您有什么需要尽管说！

王快乐说，嘿，巧了，我眼下正有个需要……

接下去的事儿，就不细说了。总之，小田的眼泪哗哗的！

三十五、有女万事足

天刚亮，警务室的门就被敲响。值夜班的王快乐爬起来一看，是居民老潘。王警官，你能帮我忙吗？

王快乐说，好啊，什么事？

老潘结巴起来，杨，杨……要生了！

羊要生了？要找兽医？

不，不是羊，是人！

噢，你老婆要生了？

不，是杨……

到底是人还是羊？你别说了，快带我去！

原来，租住在潘家的一个女孩儿要生。女孩儿姓杨，没结婚就怀上了孩子。男友因为偷东西被抓了，她不敢跟家里说，又没钱上医院。老潘带着王快乐前脚赶到，后脚就跟进一个接生婆，姑娘的羊水都破了，大老爷们儿闪一边儿去！

王快乐一看，接生婆拎着一把剪子要进屋，他急忙拦住，说你别胡来！接着，拨通了手机，妇产医院吗？我是民警王快乐，我女儿要生了……

不多时，救护车哇哇赶到，医生抢着下了车。

再不多时，出租房里传出婴儿惊天的哭声。

女医生对王快乐说，恭喜你，母女平安！

王快乐傻笑笑，有女万事足！

女医生说，你这话说得真好，我要说给那些生女孩儿的听。又说，我还要批评你几句，你再忙，也不能不顾女儿啊，多危险！

王快乐抓抓脑壳，啊，啊，大夫，谢谢你啦！你们先请回，我一会儿就去医院交费！

医生走了。接生婆还不走，王快乐问，你有事需要帮助吗？

接生婆说，王警官，你是好人。我等在这儿，就是想跟你说这句话。

王快乐笑了，谢谢啦！我刚才说话不礼貌，你别在意！

接生婆也笑了，看你说的，我也是看孩子可怜才来的。

王快乐说，大姐，正好，我求你个事儿，你有经验，帮忙照料几天行吗？一切花费由我付。

接生婆说，嗨，你为谁啊？交给我好了，不用你的钱！

中午，王快乐买好饭送过去，见老潘做了鸡汤，接生婆也给女婴洗了澡。他鼻子一酸，放下饭，又急忙赶到妇幼商店，想给母女俩买点儿穿的用的。不料，在门口碰上了女医生。女医生递给他两大包妇幼用品，这算我的一点儿心意！

王快乐傻笑笑，这，这怎么好意思？

女医生说，你再忽悠！我全知道啦，女孩儿姓杨不姓王！

王快乐愣了一下，又抓抓脑壳，谢谢啦，还是好人多！

女医生说，王警官天下第一好人！

王快乐笑归笑，心想带孩子不是一天两天的事，就跟女孩儿商量，请她父母来照顾。女孩儿死活不干。没办法，又去找男方家人。

男方的老母亲说，我只知道儿子进了班房，想不到还造了孽，真让我丢不起人！

王快乐说，现在不是丢人，是救人！您儿子在里边也会感谢您！

老人的眼泪哗哗的，唉，再难也要认下这没过门儿的儿媳妇。

她跟王快乐来到社区，接母女俩回家。王快乐给她装了五千块钱，又帮着买了车票，说往后有什么困难，就给我打电话。

后来，好消息不断，母女平安，老人的儿子因为表现好减了刑，也快回家了。老人感激不尽，特意来谢王快乐。

王快乐哈哈一笑，谢什么，应该的！

三十六、僵尸舞

吃过晚饭，一群老太太就欢聚在社区，伴随小喇叭播放的音乐，跳起了街舞。她们说啦，这叫快乐健身操，来自佳木斯，风靡全中国。伸伸胳膊踢踢腿，扭扭屁股转转腰，消化了一肚子好饭菜不说，还治了肩周炎防了老年呆。其中有个动作，两脚并拢，双手伸直，面向前方，一蹦，一蹦，有点儿吓人。因此，又称僵尸舞！

老太太们才不忌讳呢，僵尸舞就僵尸舞！我僵尸，我快乐！

正跳得来劲儿，突然——

哗啦啦！

不明物从天而降，连汤带水，又臭又黏，洒了她们一头。

顺手一摸，啊？螺蛳壳！

谁这么缺德啊？老太太们一面摘螺蛳壳，一面大喊大叫。

有眼尖的，抬头一看，是五楼扔的！又叫起来，是小六子扔的！走，上楼去，掐死他！

呼啦啦，一窝蜂冲上楼去，混战一触即发。

观舞的一看大势不好，急忙去喊王快乐。

王快乐一头大汗爬上五楼，好家伙，双方正隔着防盗门叫阵呢。

小崽子，有本事你出来！

老东西，有本事你进来！

你凭什么扔螺蛳壳？

谁让你们吵我睡觉！

这才几点啊，你又不是猪！

哦，王快乐明白了。社区不止一个人向他反映跳舞的音乐炸耳朵，他也正为此伤脑筋呢，想不到小六子动真格的了。他劝开双方，让小六子给老人们道了歉。又问，你怎么没上班啊？

小六子一脸苦大仇深，嗨，让人家开了！

啊？王快乐心里一沉。

小六子是医院的临时工，负责管理车辆进出。这天中午，有一辆车硬往里闯，他死活给拦住了。想不到车主是院长的亲戚，小六子不但挨了一嘴巴，还被开除了。他回到家里正郁闷，忽听楼下莺歌燕舞，就憋不住火了。

老太太们一听这个，原谅了小六子，各自回家换衣服去了。

楼里没事了，王快乐心里却堵了两件事。他疯跑了三天，想不到一锅儿烩了！社区附近有一处围了院墙的工地，原打算盖楼，因为资金断链停了工，一地建材一地草。看门儿的要回老家，开发商同意让小六子接班。王快乐带着小六子来到院里一看，嘿，码码建材除除草，不就是一个豪华舞场吗？喇叭唱破了也吵不着别人。

俩人说干就干！除草日当午，汗滴草下土。辛勤的汗水换来老太太们快乐的舞步。王快乐也扭着熊腰加入僵尸系列。

然而，好景不长。

工地开工了，王快乐傻眼了。

小六子还能看门儿，老太太们没了舞场。

阎老太做大生意的儿子说，王警官，不怕的，我置备了无线音频发射器，戴上调频耳机，谁也吵不着！

当晚，老太太们班师回营，跳舞配耳机，社区静悄悄。

王快乐大嘴笑成瓢。

第二天，有个小姑娘来找王快乐，说我发誓晚上再也不出门儿了！

王快乐问，为什么？

小姑娘说，妈呀，吓死谁！昨晚我刚一出门儿，灯影里就蹦出一队老太太，面带微笑，双手直伸，一点儿声音都没有……

三十七、账单

赵姐瘦弱单薄，老公跟别的女人跑了，自己带着儿子过，连多病的婆婆也养起来。邻居都说没见过这么有良心的媳妇。她在服装厂当工人，下班还带些零活儿，剪线头，缝扣子，有时干到鸡叫头遍，困得头撞桌子。儿子赵力却不争气，读了一年中专就不读了，在社会上瞎混。

赵姐跑来央求王快乐，说我累死累活没关系，就怕他学坏！你能不能帮他找个工作？说着，泪就下来了。

王快乐心里一沉，社会上有吸毒的，赵力要陷进去，这个家就彻底完了。这是赵姐的危机，也是社区的隐患。

当天晚上，王快乐死守在赵姐家门口等赵力。月亮升起老高，到底等着了。

赵力说，我不是不想工作，找不到！

王快乐说，要是我找到呢？

赵力说，那我就去呗！话外音是不可能找到。

找工作的确不易，王快乐头都大了，就连在医院当护工都排不上号。一护工对他说，小时候我爸说，不读书长大只能淘粪。我还顶嘴，说如今没淘粪的了。结果，现在我伺候的病人肛门堵塞，我天天的……嗨，别提了！

就在掰不开镊子的时候，王快乐心头突然一亮，哎，舅舅在滨湖区开了一家灯具厂啊！他马上来到厂里，舅舅大人，受侄儿一拜！

舅舅说，谁拜谁啊，你当警察，我还得给你当协警！我摇头，就得挨你妈拳头。得啦，叫他来吧，出事我顶着。谁叫我是协警呢！

舅舅收下了赵力，王快乐高兴得见人就说，赵力有活儿啦！

人家丈二和尚，谁？谁又活啦？

按说，船到码头车到站，王快乐该松松心了。

可是，他没！

他三天两头跑赵姐家，拽住赵力问这问那。

终于，有一天，赵力说，装灯太无聊了！同样一种灯，天天装，装得我都成灯了。我不想干了！

王快乐两眼一瞪，什么？你不想干了？多的我不说了，就说说你妈妈。你知道她在服装厂工作了多少年？每天都干什么？就是把两块布拼一起，缝一条线！就这么简单的活儿，她一干二十年！她为谁？你呢，才干二十天，就不想干了，怎么对得起你妈妈？

说着，从兜里掏出一张纸，这是我让你妈妈写的，你仔细看看，一个月，家里柴米油盐多少钱？给你多少钱？还要管起老婆婆。你妈妈给自己留了多少钱？一分没留！她起早摸黑苦一个月，命都快没了，挣的那点儿钱，还有吗？

赵力看着账单，看着看着，哭了。

王快乐追问，还有吗？

赵力说，没了。

王快乐叫起来，既然没了，你就给我好好干！

赵力说，王警官，往后你看我的吧！又说，这个账单能给我吗？

王快乐说，我就是为你要的，你带在身上，常看看！

打这以后，赵力换了个人，还当上了小组长。每月开支，一分不剩都交给了妈妈。永远留给自己的，就是那张账单。还说，以后有了孩子，也要让他看看！

三十八、老胡的冷兵器

傍黑，开饭馆的老胡把饭桌摆在路边招人。他刚跟房东交了五千块押金，心急火燎。这时，开来一辆小车，司机是来走亲戚的外乡人，一看到幸福社区了，就把车停下，刚好挡住了饭桌。

老胡叫起来，眼长头顶上啦？

司机听成眼长腚上了，很生气。那叫什么眼？

想想自己是外乡人，忍住了，打火挪车。不料，方向打偏了，嘭地撞到了饭桌。

老胡以为他是故意的，宗生，我做死你！

这是无锡土话，畜生，我打死你！

司机怒了。他是绍兴人，开口绍兴腔，侬要席柴头来！

意思是，你想挨棍子揍啊！

说罢，一抬手，把调料瓶全扫地上了。

老胡正好拿着菜刀，举起就砍。司机吓得鼠窜，腿上还是挨了一刀。还好，只划个口儿。急忙去医院。大夫当成买卖，花了五千块。司机不干报了警。

所长说，给我抓人！

王快乐说，抓人好办。可邻居之间就结下梁子了。老胡不是恶人，能不能“先礼后兵”？

他来到老胡家，一问，没在。

跑了？

哪儿啊，老母亲生病住院，赶去陪床了。

王快乐心里咯噔一下，老胡的父亲刚去世，欠了一屁股债，现在母亲又病了，他情绪能好吗？点火就着，动了冷兵器。

王快乐买了水果赶到医院。情况很糟，医院人满为患，老人只能躺在楼道。

老胡的眼泪直打转儿，王警官，我给你惹祸了！

王快乐拍拍他肩膀，转身去找在医院工作的老同学。

老同学说，巧了，明天有人要出院！

老胡的眼泪掉下来，我后悔死了，真想砍自己一刀！

王快乐说，你已经砍了一个，收手吧！

安慰了老胡，王快乐连夜又赶到司机的亲戚家。

进门先道歉，说社区出了事儿责任在我。

亲戚态度很好，王警官，怎么能让您道歉呢？

司机却气不顺，说别整这些没用的！要不上法院，要不让他也砍自己一刀！

王快乐笑了，算你狠！

第二天，王快乐又来到医院，老人已住进病房。老胡一时拿不出钱，正哀求大夫。看见王快乐进来，就大声说，王警官，我卖房子也要赔人家，谁让我砍了人家呢？

王快乐说，人家说了，要不上法院，要不让你也砍自己一刀！

老胡大声说，砍就砍！

拿起水果刀就往腿上砍。这时，房门砰地被撞开，司机大喊一声，住手！我说的是气话，你当真啊！

当不当真，只有老胡和王快乐清楚。

王快乐带司机来医院谈解决方案，他让司机等在门口听动静，说我先进去垫个话儿，老胡同意谈了你再进去。

结果，隔门有耳，怨恨化解。司机听见老胡的现状，无论如何不要他赔了。可老胡人穷志不穷，死活要赔。

这时，房东走进来，把押金退给老胡，说以后饭馆挣了钱再说。

老胡直纳闷，怎么这样巧，房东来了？

他哪里知道，这也是王快乐做的工作。

老胡谢过房东，转手把钱塞给司机，说把你花的钱先赔上！

司机说，你这么困难，我不能要。

老胡说，你要是不要，我就对自己不客气了！

说着，又去拿水果刀。司机只好收下。

事后，老胡问王快乐，我配合得行吗？

王快乐说，可以得奥斯卡。

老胡眨眨眼，什么？耗子卡？

三十九、谁叫我是片儿警呢

赵老太半瘫，离不开轮椅。女儿在社会上瞎混，是她的心病。她家住五楼，轮椅就放在楼下。一楼的张老头不愿意让她放。这天，赵老太回家，照旧把轮椅放一楼，自己拿两个小凳子，倒换着往楼上挪。刚挪到张家门口，埋伏的张老头就冲出来，你不老实在家待着，爬出来吓人啊！赵老太身瘫嘴不瘫，你吃屎噎着了？邻居黄阿姨出来劝架。赵老太拿起凳子朝张老头扔过去，啪！正砸在黄阿姨手上，疼得鬼叫。张老头回家拿了一把菜刀，再扔，我砍死你！

王快乐闻讯赶到，制止了大战。

他说，谁砸的黄阿姨谁赔医药费！

赵老太说，你把他菜刀没收了，我就赔！

王快乐说，行！就把张老头的菜刀拿过来。

想不到赵老太哈哈大笑，谁知道你会不会又偷偷还给他？我不赔！

王快乐傻了。他苦笑笑，行，你不赔我赔。我只有一个要求，以后你们不要再吵了，街里街坊的，要和睦相处。

黄阿姨说，王警官，哪能让你赔？算我倒霉！以后砍死也不劝了。

她这样说，张老头倒不好意思了，大妹子，你为我挨的，我赔！

王快乐对赵老太说，张师傅都表态了，您也回家跟老伴儿商量商量，看怎么解决？

赵老太一瞪眼，你活够啦？我家的事用不着你管！

王快乐鸭梨脸歪成瓜。

过了几天，赵老太的女儿偷钱包被抓住，送到警务室。王快乐一看包里就五十块，她又哭成泪人，心软了，说这次不处理了，你要记住教训，不能再偷。再偷就把你关起来！

女孩儿连连点头。

王快乐又说，趁没人知道，你快回家吧！

我妈老骂我。我想找个工作，不瞎混了。

这就对了！

王快乐跑断腿，给她找了个理发的工作，女孩儿稳定下来。想不到理发时认识一个男人，同居了。老板娘说这男的不是好人，王快乐赶紧劝她分手。女孩儿答应了，可背地里还往来，结果怀孕了。王快乐一调查，这个男人吸毒，这还了得！就跟女孩儿严肃起来，你再来往，早晚也会吸毒！女孩儿这才同意分手。王快乐说，孩子很可能生下来就带病，你最好不要。女孩儿答应得好好的，可还是偷偷生下来了。生的时候没敢用真名，小孩报户口时，派出所说母亲一栏写的不是你，你怎么来报户口？她走投无路，又来找王快乐。王叔叔，我错了，求您再帮我一回吧！说着，眼泪就下来了。

王快乐叹了口气，谁叫我是片儿警呢！

他找到院长，以人格担保请医院修改出生证。这也是唯一能解决户口的办法。院长说，王警官，我相信你，我签这个字！

出生证改了，小孩户口报上了。王快乐又到处托人说媒，终于有个有爱心的男子来到女孩儿身边，爱她也爱孩子。他们结婚了。一个温馨的家，开始全新的生活。

老赵推着老伴儿来感谢王快乐。赵老太哭得一塌糊涂，来来回回就一句话，王警官，我没脸见你，没脸见你……

四十、牛三磨刀

社区里有个叫牛三的，很牛。他在自家屋后违章盖了一间房，居委会主任老朱说这可不行，家家都效仿，社区别过了。于是，领城管来给拆了。牛三火起，好啊，你掰牛犄角，我非顶死你！他把老朱约出来，说有事想谈一下。两人一见面，牛三上去就是一刀。老朱一闪，捅在了屁股上。得，牛三为此获刑三年。

王快乐来到社区时，牛三刑满释放了，老朱也从主任位子上退下来。牛三的日子不好过，老婆卷被窝儿回娘家了，儿子上学又没钱。他心里堵，就在老朱家门口摆了个磨刀摊子，拿了一把杀猪刀在石头上磨。噌噌噌！磨磨，用大拇指刮刮，不快，再磨！噌噌噌！老朱在屋里捂着屁股直筛糠。报案吧，人家磨刀又没动刀。不报吧，万一磨快了冲进来，屁股又难保。

老朱打电话求王快乐。

王快乐说，我早看到了！

牛三磨刀不是闹着玩的，说出事就出事！怎么办？

王快乐走过去，拍拍他肩膀，牛老弟，你这玩的是精神战术，对吧？牛啊！出出气，得啦，差不多了，收工吧！咱们干点儿实在的，把日子重新过起来好不？

牛三说，我身无分文，能干什么？

王快乐说，好汉不能让钱难住，关键是你想不想干？

牛三说，咋不想？

王快乐说，我看见有人种树卖，收入不错！

牛三说，我也看见了，这活计能干。可是，钱呢？苗儿呢？

王快乐说，只要你想干，这两样我帮你！

牛三眼珠子一瞪，真的？

王快乐说，真的不当假的卖，快把你摊子收了吧！

牛三收了摊子，王快乐为他去申请无息贷款。

办事员一斜眼，门儿都没有，好人还帮不过来呢！王快乐掰开揉碎，人家干脆说，怪不得说警匪一家呢！

王快乐笑了，总得叫他吃饭啊！我看你们这儿住户不少，赶明儿就让他在这儿摆个摊子磨刀吧！说着，打开手机，把牛三磨刀的照片一亮，看见没有？他磨刀那叫一个快！

办事员叫起来，别，别！……谁给他做担保啊？

王快乐说，拿笔来！

王快乐担保，两万块到手。牛三接过钱，泪就下来了。跟着，王快乐带着他去找苗木大户，从他们手里廉价批来树苗儿；又跟当地协调了一块用地。牛三说，王警官，这回您就瞧我的吧，人勤树不懒！

王快乐心想，树长起来还要时间。眼下，他儿子学费还没着落。于是，又跑教委，跑学校，争取了全免。这一番苦心，着实感动了牛三的老婆。当王快乐登门劝说她不要离婚的时候，她小腰一扭，转身就去抱被窝儿。

王快乐三大战役告捷，牛三踏实了，老朱也踏实了。他打开家门儿走出来，不但跟牛三相逢一笑，还成了好友。为什么？因为他是树把式。在他的指导下，树苗天天向上，牛三不但还了贷款，过上了富裕日子，还拿出钱来接济穷弟兄。

提起牛三，大家都竖起大拇指，牛！

四十一、重大利好

社区现有的物业合同到期了，有公司要来竞争下届物业管理。杨经理很着急，为保住饭碗，宣布了一项“重大利好”——

谁家丢了东西，物业公司包赔。

这可真是啊，大肉丸子从天降！社区居民喜大普奔，说哪家公司也做不到，不换了，让杨经理接着干。想竞争的公司吓成了天然呆，他疯了！谁家要是说丢了唐伯虎的画，杀了他也赔不起呀！

杨经理没疯，这是王快乐抓的“灵丹妙药”。他觉得杨经理干得不错，服务到位，口碑也好，走了太可惜。而且，很多保安是本社区的待业青年，一旦换公司，这些人就失业了。于是，琢磨出这么个“重大利好”。既然对居民承诺了，就要实施。可话说回来，谁知道哪家有什么值钱的东西怕丢呀？不知道，就说不清丢没丢，必须入户详细登记。为此，王快乐跟物业一起召集了业主代表会。代表们七嘴八舌，说这个没法儿登记，谁愿意露富啊？得，讨论到最后，落实到室外的自行车、电动车上。

王快乐说，好，明天就挨家登记自行车、电动车，万一在社区丢了，物业公司包赔！

包赔措施实行后，保安个个成了放大镜，社区平安无事。

这天中午，8号楼的孙姨忽然来到警务室，说她的自行车被偷了。

王快乐一愣，车放哪儿了？

孙姨说，就放我家门口了。

王快乐又问，你什么时候发现没有了？

孙姨说，早上出门还有，中午回来就没了。

王快乐再问，你找保安了吗？

孙姨笑了笑，没找。不是说丢了就赔吗？

王快乐也笑了，也许没丢呢？别人给挪了地方？你再找找吧。

孙姨说，我都找过了，没有，你快叫物业赔我吧，车是刚买的，三百多块……

王快乐说，行！咱们先看看你的车是怎么丢的？

孙姨大吃一惊，啊，这个还能看到？

王快乐说，要想人不知，除非己莫为！说完，就喊协警小吴，小吴，去把8号楼的监控拿来！

孙姨再吃一惊，啊，8号楼还有监控？

王快乐说，当然有！把录像带调到你早上出门的时间往下看，连蚂蚱跳都看得见！

小吴抱着机器来了，王快乐说，你们看着，我出去办点儿事。

他办什么事啊，瞎转了一圈儿回来，屋里只剩小吴一个人了。

王快乐问，孙姨呢？

小吴说，嗨，你刚走，她就溜了。

王快乐说，她买的是二手房，住进来时间不长，不知道有监控。她真丢了车，肯定很着急，还会发火骂保安，哪儿有上来就要赔的？

小吴问，那你为什么不一起看监控呢？

王快乐笑了，都是社区居民，给她个台阶下，知错就行了。

第二天，孙姨跑来说，王警官，车没丢，是我老公借人了！

王快乐笑了，哈哈哈，你这个消息也是“重大利好”！

四十二、空手道

俗话说，没有不开张的油盐店。

这天，警务室的门刚开，章大姐就拧着眉头进来，王警官，我家姑娘钟雁，十七年都没落户口，一直黑人黑户。你能不能帮着解决？

王快乐一愣，怎么会有这种事？

原来，十七年前，钟雁的生母带着她从北塘流浪到此。两年后，母亲丢下她走了。钟雁腿有轻度残疾，好心的章大姐就把她养起来。因为没有任何信息，户口一直上不了。现在，钟雁到了婚嫁年龄，有人给介绍了对象。可是，没有户口不给登记，章大姐为此惶惶不安。

王快乐抓抓脑壳说，这事的确不好办！可眼下，没有好办的事，也没有办不好的事！

打这以后，王快乐就上了这趟逢站就停的车，开往户口终点站。

没有任何信息，空手套白狼，对他来说史无前例。

社区突然多出一个户口，区计生办是第一关。盖了这个小章，才能想大章。为了不招眼，王快乐换上便装，一连跑了三趟计生办，只见标语没见人——女人上环男人扎，多生一个罚你家！跑到第四趟，堵上一个胖子。

你生的？第几胎？

不是我生的，我也不会生。说完，向胖子讲了钟雁的身世。

胖子听完了，又问，你生的？第几胎？

王快乐说，你还能问点儿别的吗？

胖子问，她是外星人吗？

王快乐说，当然不是。

胖子叫起来，不是外星人，就是超生人！别跟我这儿装大尾巴狼，你这样编故事的我见多啦！老实交罚款，五千！交了就盖章，不然把你送派出所去！

王快乐心说，死胖子，把谁送派出所还不一定呢！

他问，盖了章能办户口吗？

胖子笑了，给你画一个，你要吗？

王快乐扭头就走。就算有钱，也不给他添膘儿。

计生办的小章不盖了，直接闯到镇上盖大章。还是穿上警服吧，省得又要把我往派出所送。

王快乐换上警服，顺利见到了主管副镇长。

王警官，你有什么事？

王快乐说，听说您要领养一个残疾人，我来为您办手续。

副镇长都傻了，啊？我什么时候说了？没有的事！

王快乐说，那就是您办公室要领养，我马上叫人送来！说着，就掏手机。

副镇长赶紧拦住，别，别！

王快乐说，没办法，哪儿都不给盖章，只好把人送您这儿来！

副镇长急了，千万，千万别送来！你说吧，怎么回事？盖什么章？

大章就这样盖上了。

接下来，还有公安口的章。王快乐声情并茂，打动了局领导。

结果：面朝大海，春暖花开！

钟雁的户口终于办下来了，章大姐高兴得直哭。

后来，钟雁结婚了。再后来，生了一个小男孩儿，很优秀，很可爱。章大姐带着她跟刚出满月的孩子来看王快乐。

钟雁对孩子说，快叫舅公！

姑姑姑，孩子这样叫着，王快乐眼泪都下来了……

四十三、我算哪国人

陈哑巴来告状了。告谁？邻居陈老闷。说老闷弄脏了他的衣服。

哑巴不会说话，怎么告状？他有招儿，画了一张图：老闷从自家窗口龟爬出来，爬到哑巴家晒台上，把晒的衣服搞脏。

王快乐看了告状图，好笑不能笑。心说老闷吃饱了撑的？

这是因为二陈有过节啊！

上个月，老闷加高房子，不跟哑巴打招呼闷头就干，把哑巴家的阳光给遮了。哑巴不甘心暗无天日，就去踹老闷的门。老闷冲出来，挥挥老拳，小心我天下无敌拳！哑巴又改文的了，给老闷写了一张字条：“我要杀倒你们！”老闷一看，这是下战书啊，就跑来找王快乐，要出人命啦！王快乐赶过去一看，错在老闷违章加高房子。他叫停加高战略，也批评了哑巴下战书。哑巴提笔写保证书，简单又实在：“我以后不再杀倒你们！”老闷停了工。晚上到回家，喝了几口闷酒，微醺中打开保证书一看，当时就醒了。只见上面写着：“我以后再杀倒你们！”我的妈呀，哑巴少写了一个“不”字。后来，老闷装空调，把室外机冲哑巴家，热风一吹，直接让哑巴进了澡堂子。哑巴又画了一张告状图，老闷放火烧他家！王快乐大吃一惊，急忙跑去，原来如彼！他劝老闷把室外机调个方向，老闷说移机钱要让哑巴出。王快乐说算了，我出！老闷想想，还是自己出了。安个室外机，花了两份钱，老闷很闷，结了梁子。

现在，哑巴来告状，又说老闷搞脏他的衣服，王快乐二话没有直接去了现场。一看，哑巴家的晒台一侧，是老闷家的窗户。

哑巴比画，说老闷就是从这个窗户里爬到平台，搞脏他晒的衣服。

王快乐看窗户小得猫都难钻，又看了看脏衣服，心里全都明白了。

他撅起屁股往窗户里爬，爬了半天差点儿把耳朵刮掉。哑巴在一旁看明白了，又拿起脏衣服要答案。王快乐连说带比画，说你衣服晒在这儿，风一吹，就蹭到墙上弄脏了。风是来回刮的，一会儿又把衣服吹得远了。你看到的时候，刚好衣服没挨着墙，就怀疑是老闷弄脏的，你冤枉了邻居啊！

哑巴连连点头。

王快乐又说，以后晒衣服的时候，用小绳把衣架拴牢，就不怕风吹了。邻居之间要和谐，远亲不如近邻啊！

哑巴笑了。王快乐要走了，他拦住。

王快乐问，还有什么事？

哑巴写了几个字，让王快乐带给老闷。

王快乐一看，乐了，上面写着——

两国人民世世代代友好下去！

老闷一看，笑瘫了，我算哪国人啊？

四十四、恐吓电话

说话就年三十了，在太湖边儿开饭馆的赵老板遇到了麻烦。

知道赵老板的人都说，他遇到麻烦是早晚的事。

为什么？心太黑。

就拿招工说吧，贴出来的广告说每月给2500，管吃住。他给的钱多，秒杀周围饭馆，吸引眼珠，应聘者众。人家来了，他又说，试工一个月只管吃住不给钱，干不？出来打工的都是穷人，心想不给就不给吧，不就一个月嘛，往后再挣钱不迟，就说干！赵老板于是拿出试工不发工资的合同，人家看都没看就签了字。为了能留下，来的人不管男女都玩命干，起早摸黑，眼里抢活儿。说话到月底了，想不到赵老板横挑鼻子竖挑眼，编个理由硬是把人给辞了。白干一个月，一分没拿着。有试工合同管着，没地儿去说理，只好认倒霉。这个刚走，那个又来了。赵老板说，三条腿儿的蛤蟆难得找，两条腿儿的工仔满街跑。还说，试工的最肯干，就像刚出锅儿的烙饼，热气腾腾香喷喷，使着顺手听吆喝不说，还不给钱，白干！一年换上十二个，里外里省大啦！你就说他多黑吧。这样欺负人，早晚出事！

这天，他接到一个恐吓电话，说让他准备五万块钱，否则全家别想过年。看见饭馆里做的水煮鱼了吗？打电话的人说，那就是你们全家的死法儿！

赵老板一听，当时就尿了裤子，赶紧跑到警务室报案。

王快乐问，你听出像谁？

赵老板说，像，像鸟儿。

王快乐说，看把你吓的，都懂鸟儿语了。你要沉住气啊，他还会打来！我给你换个来电显示的录音电话，他再打来，你就按我教的说。

果然，电话刚换好就打进来。赵老板又吓尿一回。兄弟，兄弟，他抖着下巴说，你可别，可别下手啊，钱我都准备好了，咋给你啊？

电话那头说了交钱的时间地点。

过后，王快乐一听录音，打电话的人故意憋着嗓音，说明是熟人作案。再一听，要的不是五万，而是五千！蹊跷啊，好不容易恐吓一回，要的也太少了！

赵老板悲喜交加，妈妈耶，才要五千啊，我差点吃了大亏！真要是给了他五万，他肯定不会找我四万五！

王快乐说，都什么时候了，你还打这个算盘！我问你，你有没有欠熟人五千块？

赵老板把头摇成了拨浪鼓，多亏他脖子结实。

王快乐按照来电显示的号码找到源头，是一家公用电话。跟守电话的一问，打电话的是个穿黑夹克的小伙儿。

回来把长相一形容，赵老板的脸立刻紫了，哎哟，是试工的姜飞！他兄弟俩在我这儿干了一个月，我没给钱，正好是五千！

王快乐说，你呀你，你把人家给害了！抓起来别说年过不了，还要判好几年呢！

赵老板说，王警官，求求你不抓行不？两个孩子都不错，是我不对。我不报案了，那钱是我该给他们的，我以后再也不这样做了！

王快乐说，唉，晚啦……

这时，交钱地点传来消息：姜飞落网了。

四十五、三毛黄黄

黄黄二十五六了，因为母亲怀他时吃错药，出生时脑袋光秃秃的只有三根头发，且相貌出奇丑。他也知道自己丑，从不避讳人家说他丑，既不自卑也不自闭。可怜的是，父母先后离他而去，他形只影单成了社会闲人，整天无所事事，混吃混喝。拣了一辆烂自行车，骑在上面不扶龙头，拐弯的时候屁股一扭就拐过去，惊出路人一身汗。

黄黄成了真人版“三毛流浪记”，也成了王快乐的心病。这样混下去，到哪儿算一站？万一流入坏人堆里，一辈子就完了。他尝试为黄黄找个工作。黄黄说，谁会要我呢？王快乐不死心，处处碰壁处处碰。一位人力资源部的主任看了黄黄的照片，嗷的一声昏过去，人中都被王快乐掐肿了。我没死，他叫道，妈妈呀啊！

一天，王快乐去无锡车站帮董老头儿买火车票，正在排队，忽然脚下滑来一个自制的小木板车，车上跪着一个失去双腿的少年。叔叔，我不是跟您要钱的，我给您擦擦鞋好吗？只收一块钱！少年稚嫩的声音让王快乐差点儿掉了泪。他不敢再看那双纯真的眼睛，连声说，好，好，谢谢你！少年的小黑手很快让满是泥灰的皮鞋照出鸭梨脸，王快乐急忙掏出一张十块的，孩子，不用找了！可是，少年坚持只收一块！当他用双手撑着木板车滑入纷乱的人腿中，王快乐捏着找回的钱再也管不住泪。

回到社区，他把这件事讲给黄黄听。

当天，黄黄的擦鞋店就开了张。第一个客人或是陪练者，当然是王快乐。皮鞋擦得都能吃了。

因为怕吓着路人，黄黄只能把店开在家门口。社区居民看着他长大的，看惯了，顺眼了，都心疼他，纷纷来擦鞋。来的人多了，黄黄就准备了小桌和小凳，还倒上茶请大家边喝边等。来的大都是闲人，老头儿老太太，等着也是等着，干脆掏出牌来打。一来二去，三张小桌成了牌桌，天天满座。打牌的老人带点儿小彩头，一块两块，图的是个乐儿。散的时候说，给黄黄留个茶钱吧，就留个五块八块的。

就这样，连擦鞋带茶钱，在大家的关照下，黄黄能自食其力了。王快乐的鸭梨脸笑成开花大馒头。

这天，王快乐集中学习回到社区，远远地，看见黄黄坐在家门口哭，王快乐大吃一惊，忙跑过去问怎么了。

黄黄只是哭。邻居阎老太叹了口气，唉，谁这么缺德啊，给举报了！说他无照经营擦鞋，还开赌场。昨天，来了一帮人，抄走了桌子凳子，还把桌上的钱全抄走了，说是赌资。一共还不到五十块！黄黄跟他们讲理，差点儿挨了打，吓得再也没人敢来擦鞋了！

王快乐一把拉起黄黄，黄黄，咱不哭！走，我带你去找他们！

四十六、黄黄上岗

黄黄生下来只有三根头发，老鼠眼儿厚嘴唇。父母先后去世，他成了孤儿。王快乐为他谋了个擦皮鞋的营生，因为等候擦鞋的老人打牌带彩儿被抄了，尽管王快乐出面要回了东西，也办了照，毕竟伤了元气，生意日渐惨淡，难以为继。王快乐再添心病。他想为黄黄找个稳定的工作，跑得撒气漏风也没结果。

老天可怜鸭梨脸，机会终于来了。社区的老楼修了围墙，建起传达室，需要门卫值班。收入不高但稳定。王快乐提议黄黄算一个，业主代表一致同意。大家看着他长大的，都很同情。

王快乐把好消息告诉黄黄。

黄黄乐坏了，太好了！社区的人我都认识，谁也别想混进来！

就这样，黄黄上岗了。王快乐发现他特别珍惜这份工作，每次查岗，都看见他在大门口站得笔直。业主们说，外边来个亲戚，他小老鼠眼儿一瞪，能把人家问脱了皮！有他把门儿，我们一觉睡到自然醒！听到大家表扬，黄黄大嘴一咧，嘴唇显得更厚了。

一天，王快乐查岗，发现黄黄被打了。谁打的？黄黄不说。

董老头儿过来说，二呆打的！

二呆是智障孩子，没事儿就打 110，一接通就说我家猪飞了。新上岗的接线员特认真，什么，猪肥了？他看见黄黄站在门口一动不动，笑起来，光光头，你站着睡觉啊？黄黄说，我站岗呢！二呆叫起来，骗人，你又不是保安！说完捡起一块石头扔过去，正打在黄黄嘴上。

董老头儿说，幸亏他嘴上肉厚，要不非打掉门牙！这孩子真可人疼，抹抹血，窝儿都没动，还是我把二呆拽走了。

王快乐很难过，黄黄，委屈你了。

黄黄说，我要是像人家保安一样，穿上保安服他就不敢了。王警官，发给我一套吧！

黄黄有了追求，王快乐一下哑巴了。还没送他去保安公司培训，就穿上保安服，这可不严谨啊……管他！情况特殊，先穿上再说！

第二天，王快乐买了一套保安服给黄黄，黄黄高兴得睡觉都舍不得脱。二呆远远看见，扭头就跑。

董老头儿叫起来，你跑什么？

二呆说，猪上树了！

二呆刚吓跑，所长就来了电话，王警官，你过来！

王快乐来到派出所，所长劈头盖脸，你怎么让一个瘌痢头穿上保安服了？局长这两天要来检查，让他看见像什么？你别跟我解释，不能用！赶紧撤下来！再让我看见试试！王快乐只点头不出声。

过后，所长去看了几次，见站岗的头发很茂盛，这才放心了。

想不到，这天深夜局长突击检查，来到社区门口，被站岗的丑人吓了一跳！王快乐急忙解释聘用黄黄的原因，说为了照顾影响，专门安排他值夜班，天一亮就下岗。局长笑着对黄黄说，你把我都吓着了，坏人就更怕你。小伙子，好好干！

所长掐了王快乐一把，好啊，算你狠！

四十七、赶集

社区附近的农贸市场又逢大集了，远远近近的人们蜂拥而至，卖的买的比肩接踵，叫的喊的不绝于耳——

太湖三白！

宜兴百合！

阳山水蜜桃！

三凤桥酱排骨！

张老汉远道而来，勾着腰，正在摊位中蹒跚，忽然天上掉馅儿饼，一只母鸡蹿到他脚下。他顺手抱起来，鸡躲在他怀里哆嗦。

谁的鸡？谁的？张老汉叫了几嗓子，没人搭理。

有人说你拿回家下蛋吧！有人说你卖了吧，瞎叫什么？

张老汉想了想，就摆在地上卖起来。

还没出手，刘老汉就冲过来，这鸡是我的。

你凭什么？

它是黄色的！

眼不瞎谁都说是黄色的！

于是，两个老汉争起来，说话要动手。有人喊来王快乐。

王快乐问，刘老汉，除了是黄色的，你还有什么证据？

刘老汉说，我刚买的，走，咱们去问问卖鸡的！

又于是，三个人一只鸡，往人群里钻去。钻啊钻，找不到卖鸡的。刘老汉急出一头汗。旁边有人说，卖鸡的卖完早走啦！王快乐指着刘老汉问这人，你看见是他买了这只鸡吗？这人把眼睛贴在刘老汉的脸上看，看了半天，摇摇头。又转过脸去看张老汉，说好像是他买的！

刘老汉火了，我捶死你个瞎驴！明明是我花五十块买的！

王快乐急忙拦住，转而问张老汉，你是多少钱买的？

张老汉也说五十块。

得，这就不好办了。

王快乐说，这样吧，先跟我回警务室，事情总会弄清楚。

来到警务室，王快乐又问了一遍，两个老汉还是不服，都说是自己买的。

王快乐说，说到天黑，你俩也说不清。你们愿不愿意听我处理？两个老汉异口同声说愿意。

王快乐说，这只鸡我买了，不是五十块吗？你们双方各退一步，平分，一人二十五，行不？

张老汉马上说，行！

刘老汉跺着脚叫起来，不行，不行！

王快乐立刻把鸡抱给他，现在清楚了，这鸡是你买的，你拿走吧！

刘老汉说，王警官，你真是个清官！说完屁颠屁颠走了。

张老汉一下子傻了眼，你凭什么说是他买的？

王快乐说，谁花钱谁心疼。刘老汉的钱一下子少了一半，他当然不干。你呢，白来二十五，当然答应得痛快！

张老汉的脸顿时紫成个茄子。忽然，他蹲下去，捂着脸哭起来，肩膀抽得像拉风箱，呜呜，是我不对，我不该没骨气啊！……我老伴和儿子儿媳同一天出车祸没了，留下个孙子我拉扯。他看见别的孩子玩机器人儿，哭着喊着让我买。我土里刨食只能吃个半饱儿，哪儿来的钱给他买那玩意儿啊。好不容易攒下二十块，来集上看看能不能给孩子买个。呜呜，问哑了嘴，最烂的也要三十五啊……呜呜……

说着，老人哆嗦着干柴一样的枯手，从紧里头的内衣兜儿里摸出一个纸包，里三层外三层打开，现出三张钱。一张十块，两张五块。

王快乐一下子忍不住泪，扶起老人说，走，咱们去集上看看，给小孙子买点儿什么……

四十八、周大爷的煤球儿

这天晚上，王快乐接到云南老战友电话，十分关心他的健康。老战友问，听说你们遭遇雾霾，早上一拉窗帘儿还以为眼瞎了，是吗？王快乐笑起来，哈哈哈，那是说北京，遛狗不见狗，跟着狗叫走。我们这儿好着哪，蓝蓝的天上白云飘，白云下面狗儿跑！

可是，第二天早起，他一拉窗帘儿，啊，有这么坑爹的吗？天上的白云全飘到地上啦，远近模糊一片，说眼瞎了有点儿夸张，可要是谁白内障正赶上拆线，一睁眼准以为手术失败了。

这时，只听浓雾中传来人声。

出门买菜的阎老太叫起来，哎哟喂，一下楼就晕了，什么也看不见，菜市场往哪边儿走哇！

紧跟着，是竹竿儿敲地声，一个粗门儿大嗓喊道，跟我走，道儿我熟！

阎老太听出是对门儿的盲人郭瞎子。她乐了，冲楼上喊，还有谁想去买菜？郭瞎子给带路！

王快乐刚想提醒阎老太走路当心，忽然，三号楼居民跑来报警，说楼道的铝合金窗被盗啦。

啊？还有偷这个的！王快乐立马去察看。

雾霾来袭，居民害怕。太极拳不打了，出门戴口罩，回家闭门窗，连楼道的窗子都关得严严实实。这节骨眼儿，窗子丢了非同小可。王快乐赶到现场一看，发现窗子不是被盗了，而是被人摘下来扔草里了。看样子，不是刚摘的。谁干的？不知道。为什么？原来……

三号楼的周大爷是老农进城，不习惯使燃气，还烧煤球儿炉子。白天做饭，晚上怕煤气熏着，就把炉子搬出来放楼道。他安全了，邻居受不了，也不知哪位就把楼道的窗子摘下来扔了，方便通风。现在可好了，通进来的全是雾霾，更窝心。

王快乐把窗子捡回来安好，又上门做周大爷工作，劝他改用燃气。

邻居围上来说，雾霾就是你烧煤球儿烧的！

周大爷鼓起牛眼，这么小个炉子能有那么大劲儿吗？要我说是你们放屁放的！

王快乐笑道，周大爷，您说的是气话。但如果家家烧煤，村村点秸秆，空气就好不了。现在窗子安上了，雾霾进不来了，煤气也出不去了，您还是别烧炉子了。

周大爷说，好吧，剩下的煤球儿用完了，我就换燃气。

可是，周大爷的煤球儿却永远用不完。

王快乐发现，煤球儿快用完时，周大爷就悄悄推着小三轮儿去煤厂买。

这天，小三轮儿又装满了，周大爷交钱转身回来，一推，哎哟，推不动。一看，车胎被放气了。

正着急，雾霾中有人相问，要打气吗？

听着耳熟啊，抬眼一看，王快乐！

周大爷闹个大红脸，唉，唉，烧燃气一个月要多用十几块！

王快乐说，我到燃气站给您交了半年的钱，不信雾霾半年不散！到时候散了，您再换煤球儿。

周大爷说，嗨，我还换什么呀，还是燃气好，安全省事又干净，打火就来！

周大爷告别了煤球儿，雾霾也告别了社区。还来不来，说不准。

反正，太极拳又打起来了。

王快乐跻身其中，别人白鹤亮翅，他来个熊猫翻掌。

四十九、照葫芦画瓢

派出所安排民警体检，王快乐拿着体检表突发奇想：社区安全同样要预防为主，能不能也发个体检表？

说干就干！

他照葫芦画瓢，设计了一张《安全防范体检表》：出门时钥匙带在身上还是塞在什么地方，电瓶车是否进车棚，楼上住户有否注意到小偷会顺下水管爬上去等，一户一户发放。收回后，认真查看，谁家有问题就敲响谁家门，你家安全属于亚健康，很可能发生盗窃！户主一听，头发根儿都竖起来，那咋办？王快乐就开“药方”——针灸汤剂，丸散膏丹。老百姓拍手叫好，王快乐眉开眼笑。

一天，阎老太说，王警官，我也给你体检体检怎么样？

王快乐说，好啊好啊，您说！

阎老太说，你们公安局的马路夜巡车，在无锡城里轰隆隆跑，小偷一看见就吓跑了！能不能也开进咱们社区里巡逻巡逻？

王快乐说，您提得真好！我去跟领导反映，您等我好消息吧！

想不到，跟领导一反映，弄了个烧鸡大窝脖儿。

领导说，咱们辖区有 58 个社区，你这个社区巡逻了，别的社区巡不巡？如果每个社区都巡，夜巡队得增加多少警力多少车？建议很好，难以实施啊！

王快乐如实转告阎老太。阎老太嘴噘成驴，有病都不给看，还搞什么体检？吃饱了撑的！

王快乐的鸭梨脸成了猴屁股。

董老头儿在一旁听见了，说院里这么多老人，闲着也闲着，咱们组织起来自己巡！

王快乐一听，开窍又感动。他登高一呼，风起云涌，“夕阳红”义务巡逻队成立了。老头儿老太太红袖标一戴，威风八面，舍我其谁？

王快乐问，阎老太，这回咋样？

阎老太一撇嘴，不咋样！白天还好，晚上十一点就收摊儿了，后半夜谁管？

得，王快乐又傻了。

就算老人觉少，也不能三更半夜还巡逻啊，再掉沟里！

正发呆，一辆车开过来要倒车，屁股后面响起警示话语：倒车，请注意！倒车，请注意！

王快乐一边儿躲闪，一边儿笑起来。

当天晚上，电视演老电影，阎老太看完已是后半夜了。上床刚迷糊，忽听楼下有动静，呜哇呜哇，好像是公安局的夜巡车开进来了。

啊？阎老太喜出望外，没等爬起来看，又听见王警官喊话——

锁好门窗，防贼防盗！

阎老太扒窗一看，只见两个值夜班的保安从楼下走过，一人手里提个电喇叭。一个喇叭发出夜巡车的声响，一个喇叭播放王快乐的喊话——

社区平安，睡个好觉！

阎老太笑了，这个王警官啊，我算服他了！

王快乐让值夜班的保安时不时在小区里转转，放放录音。别说，这招儿还真灵。当天夜里，一个“飞贼”顺下水管爬上三楼，瞄准没安防盗窗的一家，刚要翻爬入室，忽听车响人叫，一慌掉下来，摔了个撒气漏风。

阎老太对这家人说，人家王警官给你们发安全体检表，你们还嫌麻烦不填，看看！

五十、马路全武行

居民老陶和小冯都是宜兴人。老陶出口紫砂壶，小冯经营无锡民间工艺品。春节前，老陶回宜兴探亲，老婆开车他坐车。小冯呢，也开车回宜兴探亲。两人同路同方向。

小冯嫌老陶的老婆开车太肉，呼地一下超过去。

老陶的老婆有孕在身，惊叫一声，来了个急刹车。

老陶金刚怒目，小冯以眼还眼，两人随即上演马路全武行。

小冯躲闪不及，眼上挨了一陶氏鹰爪。他忍痛报警，说眼被抓流了汤儿。110赶到，先送医院。老陶以为抓瞎了，吓得直抽抽。还好，医生说流的是眼泪。谁知到了晚上，小冯痛得难受，又去医院，结果是视神经损伤。他急了，就去做鉴定。法医鉴定为轻伤，根据法律规定可判三年以下有期徒刑。小冯说老陶不赔偿就送他去坐牢。老陶不服，也跑去为老婆做鉴定，看受惊吓会不会影响孩子。医生笑了，说这个不好鉴定，孩子还没生呢。老陶哼了一声，那就等孩子生出来再说！小冯听了嘴拴驴。为赔偿问题，两人探亲探到了派出所，大吵大闹，非要上法院不可。王快乐闻讯赶来，把人领走。

路上，老陶说，王警官，我请你吃饭！

王快乐说，好啊！

小冯气得扭头就走，心说，吃人家嘴短，我连你一块儿告！

回到社区，王快乐说，老陶，不忙吃饭，我先给你看一样东西！

来到警务室，王快乐什么东西也没拿，而是把电视机打开了。

老陶一看就傻眼了。电视里传出一阵凄惨的哭声，只见一个女人抱着孩子在监狱里探监，老公身上穿着囚服，一家人悲痛欲绝。

王快乐说，老陶，你想过没有？真要是判你三年，你就回不了家。孩子都快三岁了，你见不着，抱不上，你急不急？你爱人急不急？再说，你的公司还要不要了？难道你真要走这条路，像录像放的一样，让你爱人抱着孩子来探监？

听王快乐这样说，老陶不吭气了。

王快乐趁热打铁，我跟法院的人了解了，赔偿金大约三万多，你不缺这个钱，缺的是输理认错，让坏事变好！

老陶说，王警官，你别说了，我愿意赔偿！

调解争端，老陶是关键。从监狱借的录像帮上了大忙，王快乐高兴得霞光万丈，赶快去告诉小冯。

不料，小冯却说，我不是为钱，是要个说法。还是让法院处理吧！

王快乐说，你看，老陶的老婆说话要生了，你就可怜可怜他，别把他关进去。大家同住一个社区，抬头不见低头见，冤家宜解不宜结。看在我的面子上，你就答应调解吧！

小冯招架不住，说我同意还不行吗？

老陶和小冯，在走向法院的路上来了个急刹车。

老陶带来四万块，几次向小冯道歉。小冯说，你也不易！我只留下三万。说着，把剩下的一万递给老陶，这是我的一点儿心意，给你爱人买点儿吃的吧！也算我赔礼道歉。

老陶的眼泪当时就下来了……

五十一、恩将仇报

王快乐搀扶老人过马路，被醉汉的电动车撞了，动手术住了院。腿上绑着石膏，还给居民办事。老葛家的户口就是在医院登记的。老葛很感动，主动来医院照顾王快乐。他老婆还天天给做好吃的，鸡汤鱼汤排骨汤。王快乐说，你们真是我的恩人！

可是，出院后，王快乐做的事却让老葛很生气，说他恩将仇报。

老葛夫妻俩同时下了岗，买断工龄领了七万块，小日子忽然滋润起来，家里宾朋不断。老葛好客，请请请！坐坐坐！到饭口了，好吃好喝，小酒咂咂。酒足饭饱没事做，打打小麻将。开始拿牙签当奖品，打着打着，没劲了。赢一堆牙签干吗？吃饱撑的！还是玩钱吧，三块五块，小彩头，起兴头。后来越打越大，老葛就从中抽水，当起小老板。这就成问题了，不但涉赌，还影响邻居。哗啦啦，洗麻将；哈哈哈，放声笑。中午打完，晚上接着，吵得人报了警。

其实，王快乐早注意到了。几天前，他找老葛谈话，才说了几句，老葛就拧起脖子，王警官，你站着说话腰不酸。你按月拿工资，我呢，拿空气！在家里摆两桌小麻将，收几个茶水钱，你就来管，还说我是你恩人呢！没钱，我靠什么活？买根葱少一分也不行！老葛哇哇地说了一通，末了，又找补一句，万一你再住了院，我拿什么给你做鸡汤鱼汤排骨汤？总不能上街抢吧？

得，倒把王快乐说个大红脸。

这天，他又来找老葛。

老葛说，又有报警啦？

王快乐笑了，今天不说这个，走，我请你去看戏。

老葛一愣，请我看戏？

王快乐说，我住院多亏你照顾，还没谢呢，就请你看场戏吧！

老葛一拍大腿，好啊，我就爱看戏。愁得没钱买票！

走着走着，老葛忽然叫起来，怎么往小学校走啊？

王快乐说，戏在学校礼堂演。

两人来到学校，进了礼堂，只见台上挂着大红布标，上写：“作文朗读《我的爸爸》”。

老葛一缩脖儿。

王快乐说，演戏前先听听孩子们的作文，有好处！

朗读开始了，小学生一个接一个上台，都把自己的老爸夸得霞光万丈。忽然，老葛瞪大牛眼，他的女儿玲玲也上台了！

只见玲玲打开作文本念起来——

我多么羡慕同学们都有个好爸爸啊！可是，我的爸爸却在家里摆麻将赌钱。我每天都生活在洗牌声中，就连上课耳朵里还哗啦啦。放学回家没写作业，先要帮着爸爸给打麻将的人倒茶。有时候，牌桌三缺一，爸爸还让我补上，使我从小就赌钱学坏……

哎哟喂，老葛哪里还听得下去，低下头就往外钻。

王快乐一把没拉住，哪儿去？好戏还在后头呢！

老葛扔回一句，饶了我吧，爷！

打这以后，老葛家里静悄悄。女儿安心写作业。他呢？去戏园子。

干吗呀？王快乐帮他找了个收门票的活儿，外带白看戏。

五十二、晚了没份儿

社区新楼有车库，老楼没车库。

这也难怪，当初盖的时候老百姓过的什么日子？别说汽车了，谁家买了电动自行车都挤破脑袋看。谁家成了万元户，邻居舌头伸出半尺长，乖乖，一块大砖头耶！现在可好啦，别说买汽车，还有让钱烧的买飞机的呢！那天有一家土豪结婚，新娘子从宾利车上一下来，吓人一跳，妈耶，还以为是机器人呢，脖子上套了七八圈儿金手镯，每圈儿有二十多只，而且都是最粗最野蛮的那种，金晃晃的，坠得直不起腰。婚礼结束，出来一看，宾利屁股少了一大块，不知被谁家的车给刮了。土豪气得嚎。

因为没车库，家家乱停车，影响交通不说，还常为剐蹭吵架，甚至上手。王快乐找到物业杨经理，建议沿道路一侧划出停车位。

杨经理一脸苦瓜，有车位保安就要加班看管，加班费怎么办？

王快乐说，可以参照有车库的社区，向有车族合理收取，取之于民用之于民。比如每车每月收十块。

杨经理说，我们也这样打算过，可院里的老太太们一听，说凭什么收费？不给！还说只要大伙心齐，物业就没辙！

王快乐问，谁带的头？杨经理说，阎老太、金老太、顾老太。

王快乐又问，院里现在有多少车？

杨经理说，175 辆。

王快乐在纸上写了个数字递给他，你叫人去划车位吧，收费的事我来做工作！

王快乐先来到土豪家。土豪一听，好事好事，我先交十年的！

王快乐笑了，先交一个月的吧。

土豪说，十块也叫钱？

最后，死说活说交了两年的，土豪定下了第 1 号车位。Number One！

王快乐拿着收据敲响阎老太的门。咚咚咚！很急。

阎老太惊开门，王警官，出什么事了？

王快乐说，您赶快去交费吧！社区划停车位了，175 辆车只有 163 个车位。先来后到，晚了没份儿！都去交了！

阎老太蒙了，啊？

王快乐说，还啊什么？都去交了！

阎老太说，我们都说好不交了。

王快乐晃晃收据，谁说的？您看看，刚才我还代收了一份，人家一口气交了两年的！

阎老太问，谁家交的？

王快乐说，记不得啦，不姓金，就姓顾！

阎老太一听眼就直了，哎哟喂，海誓山盟半天，这么快就土崩瓦解了！得，我也不管了，先为儿子挑个吉利数吧！

说着，拿上钱就奔了物业。

阎老太前脚走，王快乐后脚又敲响金老太和顾老太的门。没两分钟，俩老太太就疯跑出来数车位。数着数着，抬头一看，啊？路上都是人，一家一家的，有数车位的，有占号的。好嘛，都听到信儿了！

董老头儿迎上来说，老姐姐，还傻数什么啊？快认个号交钱去吧，再耽误好号就没了。我都数三遍了，就是少12个！

俩老太太赶到物业一看，交钱的都排成龙了。只见阎老太举着收据，一脸喜兴地挤出人群，俩老太太眼也直了，这可真是的，大雨来了各自跑！！

不出两天，车位全订满了。

当然，第三天，物业又划出12个。

自此，社区停车有序，道路通畅。

五十三、自愿送的不收

每到摆摊儿服务日，老百姓都把王快乐围得里三层外三层。有来说事儿的，也有来拉家常的。

王快乐眼观六路耳听八方，发现老住户孙大姐挤在人群中，嘴里不出声，眼里全是话，就迎过去问，大姐，您有什么需要我帮助吗？

连问三声，孙大姐好像没听见。

问到第四声的时候，孙大姐忽然说，我过不下去了，真想死！

王快乐吓了一跳，急忙带她回警务室相谈。

孙大姐一进屋，泪就下来了。她说，我儿子从前蛮好的，蛮听话，有工作，也找了女朋友。可不知道怎么吸上了毒，家里的钱都让他花光了。我们老两口儿退休前在工厂上班，能有什么积蓄？他爸又病在床上起不来，有点儿钱还不够看病的。我们拿不出钱，他就跟我们吵闹，还说要弄死我们。他明白的时候，自己也后悔得不行，也想戒。我们跟他说好了，送他去戒毒所，想不到一联系，人家不收！唉，叫你们把他抓起来吧，又不忍心，又没脸面。在这里生活了几十年，街坊邻居看见警察把他带走，我们往后还怎么出门儿？再说，亲戚朋友也会说我们没人性。万一他在戒毒所里有个好歹，我也不活了！王警官，求你帮帮我们吧！这日子实在难过啊！

王快乐叹了口气，大姐，您联系戒毒所，人家为什么不收？

老人也叹了口气，唉，咱们这儿地方小，没有戒毒所，只有大地方才有。我跑去联系，人家说自愿送来的不收！

王快乐瞪眼了，啊？还有这种事？您别急，我帮您想想办法。

送走孙大姐，王快乐马上查到戒毒所的电话。

接通后，对方说，公安带档案送来的我们才收！

王快乐问，自愿送的不收吗？

回答说，不收！

王快乐又问，为什么自愿的就不行？

对方笑了，商场里的电视机好，你自愿搬回家行吗？

王快乐脸拉成驴，这是一回事吗？

对方说，我们就是这个政策。你急，自己开个戒毒所啊！

王快乐心说，我要是开了，先把你关进来！

好吧，你有政策，我有对策！王快乐跑回所里，请求所长支援。

所长一听，行！咱们出个公函，叫家属写一份送子戒毒书，再叫孩子写一份自愿戒毒书，都装进档案袋。你陪孙大姐一起送孩子去！

出发这天，王快乐动了个心眼儿，自己先去火车站等孙大姐娘俩儿，免得让邻居看见说三道四。孙大姐为此感动得掉泪。

孩子说，就冲王警官，我也要争气！

戒毒所一看是警察带档案送来的，二话没说就收下了。

孙大姐去了心病，眼泪却又流得哗哗的。

王快乐知道她放心不下孩子。其实，他也放心不下。

打这以后，逮住休息时间，王快乐就跑到戒毒所去，给孩子送上小温暖。孩子也真争气，寒来暑往，戒毒成功。一家人重获幸福，小区也终结了治安隐患。

五十四、树上长的柿子

小老板陆光明在社区经营一家浴室，生意不错。这天早上，他慌慌张张跑到警务室，说有人敲诈他。王快乐问，谁？小陆说，舒大头！王快乐又问，舒大头是谁？小陆口齿不清，树上长的柿子。王快乐一瞪眼，什么？

原来，小陆说舒大头是舒市长的侄子。

昨晚，舒大头带着三个人来洗浴，洗完后在包房住下了。早上起来，说口袋里的5000块钱被偷了，要让小陆赔。小陆对王快乐说，这已经是第三回了。前两回我不敢报警，心想他是舒市长的侄子，私了算了，就给他了。想不到他胃口越来越大，现在一开口就要这么多，我实在受不了。

王快乐说，我不管柿子还是侄子！人呢？

小陆说，还在包房里。

走！王快乐吼了一声，叫上协警小吴就走。

来到包房一看，四个人正靠在床上打牌。见王快乐进来，其他人都直起身，只有舒大头装大头，连眼都不抬。

王快乐说，我先自报姓名啊，我叫王快乐，是本社区片儿警。你们几个叫什么？都是什么地方的？

三个人都老实说了。舒大头还装大尾巴鹰。

王快乐盯住他，问你呢！叫什么？

舒大头说，怎么啦？我叫舒明明，是舒市长的侄子！

王快乐问，你们仨谁丢钱了？

舒大头说，我丢了！

王快乐又问，丢了多少？

舒大头说，5000块！

王快乐突然转了话题，你在哪儿工作？

舒大头愣了……我还没工作。

你没工作哪儿来的这么多钱？

我妈给的。

王快乐立刻提高了声音，舒明明，你是什么情况我很清楚，你少跟我来这一套！你惹是非到别处去，来我这儿找错了地方！你说你是舒市长的侄子，对不对？我告诉你，你爸爸舒文利当镇长的时候，我就跟他打过交道。你妈妈贾秀琴现在是区综治办主任，我们更是常见面！你父母都是领导干部，你不但不为他们争光，反而跑到这儿来干下三烂的事，还好意思把他们抬出来！你说钱是你妈给的，信不信我现在就给她打电话？

王快乐说着，掏出手机就按号。

舒大头急忙拦住，您别打了，钱我不要了！边说，边递烟。

王快乐说，我不会抽烟。你好好一个干部子弟，把江湖这套全学会了，这样下去早晚会出事！到时候你提谁都没用，谁也救不了你！今天这件事，再加上以前你干的，我现在就可以把你带派出所去。但是，我今天不这样做，给你一次改正机会，我相信你能改。可你要不改，回过头来找小陆的麻烦，我绝不客气，露头儿就打。再高的柿子，我也要从树上拧下来！

舒大头再三说我改，我改。带着人走了，

回去的路上，小吴悄声问，王警官，我看你好像按的是110耶？

王快乐笑了，你眼真毒！不过，舒大头这人我听说过，事先做了功课……

五十五、逆转

王快乐在农贸市场抓了个小偷，刚处理完，就有人打电话，说社区门口吵架了。他抹了把汗就走。

吵架的是租住在社区的河南民工金宝。跟谁呀？交警。

金宝的女儿放学回来，在门口被一辆大奔撞了，开车的一脚油门儿跑了。金宝闻讯赶来，冲天骂娘。保安急忙报警。不一会儿，交警来了，调出监控一看，车不是社区的。交警做了记录，看孩子伤得也不重，说先送孩子上医院吧！说完就要走。金宝拦住不让走，说他偏向有钱人，不把外地民工当回事。交警说你不让我走，我怎么找肇事车啊？金宝不干，非要交警带孩子上医院。

这时，河南民工都围上来。有人乱喊，警察撞人要跑！

交警火了，说你疯了？

这下不得了，喊的人就叫，疯子打人不偿命，老子打死你！

一时间，群情激奋，把仇富的火烧向交警。

王快乐离老远就喊，别动手，别动手！

来到人群中，问明情况，王快乐说，你们先让交警走吧！

民工们乱吼，不中！不中！

王快乐也提高了嗓门，有什么事冲我来！不让人家走，人家怎么办案？再说，孩子马上去医院才是大事！

民工们又乱叫，对对对！

金宝说，俺没钱！

王快乐把兜里的钱都掏出来，拿去！

想不到，这一举动，让危情发生逆转。

金宝说，这不中，俺咋能要你的钱？

王快乐说，我的钱也是钱，看病要紧，快拿着！

金宝说，不中，不中！又不是你撞的，跟你不搭界。那天下大雨，俺正干活儿，想起衣服被子还晒在院子里，玩命往回跑。到家一看，咋着？早被你收进警务室了。俺走了那么多地方，住过那么多工棚，还从来没有警察为俺收过衣服被子。俺谢都谢不过来哩，哪能要你的钱？

又一个民工说，就是，王警官对俺太好了！那天俺钱包丢了，有身份证、银行卡，还有一千多块钱。俺跟王警官说了说，也没抱啥希望。想不到他把俺的事儿当事儿，真的找到了！俺买了烟谢他，他死活不收，非让俺退掉。俺说人家不给退你就收下吧。他就拖着俺到烟店，跟老板娘一说，老板娘破例给退了。俺当时眼泪都下来了。王警官，有俺哥儿几个，孩子的事不用你操心！

说着，几个河南老乡就带孩子去医院了。

王快乐的心像烤上火盆。他对金宝说，监控照下了车牌，我一定要找到肇事的家伙！

可是，想不到肇事的是套牌车，王快乐跑断了腿，也没找到“真凶”，只好羞答答地来跟金宝道歉。

金宝说，道啥歉！俺有个事还想托你哩！俺孩子有一份保险，交警要是能给开个事故证明，俺就能得到保险公司赔偿。俺跟人家吵了架，不好意思去……

王快乐又笑了，行！这个我能做到！

他马上跑到交警队开了证明。

金宝开心地说，王警官，你看得起俺，俺要跟你交个长朋友！

五十六、心愿

这天，王快乐检查出租房，忽听有人叫，王警官，你还认识我吗？

王快乐一时想不起，你是……

我是刘宁啊！你抓过我！

哦，王快乐想起来，从警当初在刑警队实习时，刘宁吸毒被他抓住关进戒毒所。王快乐问，你家不是住在江阴吗？怎么到这儿来了？

刘宁叹口气，说戒毒出来后，圈儿里人又来找他。他害怕复吸，就离开江阴，在流浪中染上怪病。他听说这边儿有大夫能看这个病就找来了。结果，钱花光了，病也没治好。王警官，你能帮帮我吗？

王快乐说，你既然来到这里，就是我服务的对象！我先送你上医院。钱的问题，我来想办法！

刘宁说，我不去医院了，白费钱。我就是有个心愿……

原来，刘宁有老婆，还有女儿。他被关起来后，老婆带着女儿离开了家。刘宁出来后，到处找也找不到。

王警官，我想最后见她们母女一眼。我对不起她们！你能帮我找找吗？只要她们好好的，我死也安心了。

王快乐答应了刘宁。第二天一早，就开车赶到江阴。刘宁的老婆叫冯春，电脑上查，有这个人，但租住地是以前的。王快乐找到房东，房东说曾在街上见过，人应该还在本地。

王快乐顿时兴奋了，再找！

接连几天，海里捞到了针！母女俩租住在附近的村子里。冯春一看见王快乐，眼圈儿就红了，还记得是他把丈夫抓住关起来的。

王快乐说，你别恨我。

冯春说，我不恨你。为他吸毒，我几次割腕自杀都挡不住，只好离开他。我……不想见他了。

冯春说不想见，没有动摇王快乐。

他又问女孩儿，你想不想见爸爸？女孩儿说想。

王快乐转而对冯春说，孩子想见爸爸，我带她去。见完了给你送回来。冯春想了半天，说，我也去吧。

王快乐带她们来到出租房，里面很臭。一是出租房本身就有味儿，二是刘宁身上带病。

女孩儿不敢进，冯春自己先进去了。王快乐听到两个人的哭声。哭了一阵儿，冯春叫女儿进去。孩子，这就是你爸爸。以前我们吵架，他离开了我们……快叫爸爸！

女儿惊恐地看着床上骷髅一样的人，大哭起来，爸爸——

一家人的哭声让石头也掉泪。

刘宁边哭，边拿出一个小布包儿，里三层外三层打开，露出一对金镯子！

春啊，刘宁叫着，这对镯子，是我留给女儿的嫁妆。我什么都没有，就这么一对镯子，再苦也没卖了……今天，我见到了你们，我的心愿就了啦……

一家人，再次哭成一团。

后来，冯春带女儿搬过来，住进出租屋照顾刘宁。没出半个月，刘宁就走了。那天晚上，趁家人睡了，他挣扎着爬出屋。当被人发现时，已经硬了……

王快乐帮助母女俩安排了后事，又开始了新的一天工作。社区居民打老远就叫，王警官！王警官！王快乐连忙答应着，心想，老百姓需要自己做的事很多啊，得抓紧！

五十七、见面

入户访问中，身患癌症的周阿姨拉住王快乐的手，王警官，我有件事想求你……

阿姨，您说吧。

周阿姨眼里忽然涌出泪，我丈夫，六年了……

六年前的一个雨夜，周阿姨的丈夫友铭，因涉及盗窃案被贵阳警方带走，之后再没音讯。周阿姨求王快乐帮助找找。王快乐答应了。

如公事公办，时间没把握。干脆，走民间！王快乐一个 114 查号打到贵阳，随后接通了市公安局的电话。对方核对了他的警号帮忙一查，说案子早结了，人移送检察院了。又打到检察院，说已交法院判了。又打到法院，说早判完了，十年！人已经关进去了。

王快乐急着问，关哪儿了？

啪哒！电话挂了。再打，人家说一个星期答复。啪哒！

一个星期的等待像十年！王快乐连上厕所都担心错过来电。每天盯住电话，眼珠子瞪出血。一个星期过去了，没来电话。又过了两天，王快乐实在忍不住了，打过去。对方迷迷糊糊，啊？查谁？友铭？哪国人？

啪哒！王快乐把电话摔了。他抱着脑袋苦想。突然，像空中划过一道闪电，友铭既然被判了十年，就一定在监狱里服刑。当地有几个监狱？

又麻烦查号台。一查，有九个。一个个打过去，求爷爷告奶奶。打到第八个，谁？友铭？在我们这儿！

周阿姨闻讯痛哭，友铭，你还活着！我要去看你，哪怕看一眼，我死也瞑目了……

事情提交到派出所，领导一致同意出路费安排她去探视。可是，医生发话了，周阿姨状况不好，不能去！

怎么办？就在一筹莫展时，王快乐忽然看见一个年轻人在路边拿手机跟女朋友视频聊天。脸对脸，很幸福。

周阿姨，你的愿望能实现了！

所领导为王快乐的提议兴奋不已，教导员立刻拿手机跟他比试起来。哎哟，成功了！万岁！

再过三天，就是周阿姨50岁生日了。王快乐提前赶到了贵州，一下飞机就进了山。一进山，就下起了雨。

好高好高的山，山路曲曲弯弯。

好大好大的雨，雨水遮住了天。

谁能用语言形容这样的场面？当病床上的周阿姨突然从视频中见到日夜思念的亲人，当日夜思念的妻子突然出现在丈夫的面前，两人瞪大眼睛，看着对方，突然——

友铭！……

阿周！……

夫妻俩同时爆发出悲怆的呼喊，紧跟着是撕心裂肺的哭声。

阿周啊，我没脸联系家人……我就想，好好劳动，早日回家……想不到，我减刑快要出来了，你却病了！是我害了你，你等我，千万要等我啊……

我等你，我一定等你……

夫妻俩悲痛欲绝，肝肠寸断。

就在这时，就在这远隔千山的哭声中，被泪水浸湿的屏幕上突然闪现出鲜花、红烛、蛋糕，派出所为周阿姨准备的生日庆祝会开始了！

祝你生日快乐，祝你生日快乐……

一个星期后，周阿姨走了。在闭眼的瞬间，她的魂魄飞向那高高的山，飞向那遮天的雨……

五十八、摘帽为号

一大早，就有人喊，王警官，快去啊，他们要上访！

甭问，又是为房子的事。社区起了两幢楼，本来是好事，却成了老公公背儿媳妇，买房的卖房的你咬我鼻子我撕你嘴。

王快乐急忙赶到现场。好家伙，黑云压城城欲摧，人们打着布标要开拔。王快乐断喝一声，站住！大家一看是王警官，都站住了。

王快乐问，你们干吗去？

领头儿的说，我们去告开发商，他们太欺负人了！

老百姓七嘴八舌。他们买了房子，进去一看，墙上有裂缝，就跟开发商吵成一团。后来，开发商找了一家鉴定公司来鉴定，说质量没问题。老百姓一听炸了窝，说鉴定公司跟开发商是皮裤套棉裤！不行！群情激愤，要上访打官司。

王快乐说，好，你们要上哪儿，我陪你们去！上法院我陪你们去，找法官我陪你们去。都解决不了，你们要上访，到镇里，到区里，到市里，到省里，都可以，我陪你们去！只要能解决问题，我奉陪到底！

听王快乐这样一说，老百姓大眼瞪小眼。瞪了十分零三秒，偃旗息鼓了。说我们哪儿都不去了，我们就找你！远水解不了近渴，找谁都没用，就找你！

王快乐说，好，你们找我，我就应下来！咱们一起想办法，没有过不去的火焰山！

得，引火烧身，啃上了硬骨头。

其实，老百姓要去的地方早去几回了，推来推去没人管。一旦上访，政府就会处以群体事件，动用警察。老百姓的困难得不到解决，还跟警察结了仇。怎么办？要换位思考！王快乐刨根问底，发现问题关键在于楼房的鉴定。老百姓信不过开发商找的鉴定公司，如同信不过卖瓜的。

王快乐说，如果让你们做主，重新找一家公司来鉴定，怎么样？

老百姓欢呼起来，那当然好！自己找的放心！

领头儿的说，我们跟开发商提过，他们一不同意，二不出鉴定费。

王快乐说，这个火焰山我来过！

果然，开发商听王快乐一说，头摇得脖子抽筋，干吗还鉴定？脱裤子放屁！

王快乐说，人家不相信你们找的，这个很好理解。真金不怕火炼，楼房质量好，再来十家鉴定也不怕！对吧？再说，墙上有裂缝，百姓有想法，再请人鉴定鉴定又何妨？

开发商说，爱鉴定就去，用不着跟我商量！

王快乐说，行啊，这也表明你同意再鉴定。那费用谁出？

开发商说，又不是我让找的，谁爱出谁出！

王快乐说，错！为你们正名，费用就应该你们出！

开发商蛮横起来，我管不着！

王快乐站在窗前，摘下帽子擦擦汗。

突然，楼梯上传来急促的脚步声，嘭的一声，门被撞开，协警小吴冲进来，王警官，不好啦，老百姓要砸售楼处，要烧开发商的宝马，还要上楼来玩命！

开发商一听差点儿跪下，王，王警官……

王快乐说，我管不着！说完，拔脚就走。

开发商死命拦住，我同意鉴定！我出钱……

五十九、小米辣

午饭后，太湖的凉风吹过来，爽！王快乐刚想眯一会儿，物业杨经理就灰头土脸找上门，唉，社区绿化多养眼啊，可就是有人破坏。我好歹都管住了，还剩下两家钉子户。

王快乐问，哪两家？

杨经理说，胖美妞和小米辣。一个能说，一个胡搅。

胖美妞叫彭美妮，退休老师，胖而爱美。人们叫着叫着，叫成胖美妞。小米辣也姓彭，善种小米辣且脾气火辣得此雅号。

杨经理拿不下这哼哈二将，前来搬救兵。

王快乐来到胖美妞住处一看，原来，她在草坪上摆了几盆花。

胖美妞说，政府号召种花美化，我响应有什么不对？我又没种地上，摆在这儿让大家看看多好！

王快乐说，彭老师，花虽好看，孤零零的不协调。就像一个人要讲究美，也要合适。比方，十三四岁的小姑娘头上插一朵大牡丹，人家会夸她漂亮。可要是您头上也插一朵大牡丹，往街上一走，人家会说这老太太昨晚一定受了刺激！

胖美妞一听，脸紫成茄子。

这时，楼里走出阎老太，手上端着花盆，里面种着大蒜，彭老师，我把这盆大蒜靠在你花盆边儿上行不？也不种地上，不碍事！

胖美妞说，您快端走吧，别现眼了。得，我也不摆了！

胖美妞收了花，王快乐偷着乐，阎老太配合得一级棒！

可是，小米辣就不那么好说话了。他的动作也太大了，居然把花坛里的花全铲了，种上小米辣。

王警官，我看你敢拔？

王快乐说，你破坏社区绿化，属违法行为。好言相劝不听，我为什么不敢拔？

你前脚拔，我后脚栽！

王快乐说，好，给你三天时间，想通了就自己拔。三天过后，你不拔，我就来拔。我倒要看看，是你栽得快，还是我拔得快！说完，扭头就走。

小米辣跳起脚吼，你敢拔我跟你玩命！

第三天，花坛没动静，小米辣却有了动静，而且动静很大。

这天，社区外的农贸市场逢集，十里八乡都来了。买的卖的乱成粥。小米辣买了一只活鸡，没走多远被人追上来抓住，说他偷鸡，不由分说扭到警务室。

王快乐问，怎么回事？

小米辣又羞又恼，喊了一声，我冤枉，我……

话没说完，又咽了回去，自己犯到王快乐手里，还能有什么好果子？真是后悔莫及。

王快乐转而询问对方，这人也是卖鸡的，他说带了自家养的十只鸡，卖着卖着发现少了一只，回头看见小米辣手里拎的正是自己的鸡，就冲上去抓住他了。

王快乐说，这样吧，你把没卖的鸡拿来放在警务室。

卖鸡的照着做了。

王快乐又把小米辣的鸡也拿来，刚往地上一放，那些鸡就跑过来掐架。

卖鸡的一看，闹个大红脸，对小米辣说，这位老哥，对不住，我错怪你了！

小米辣还犯傻呢，王快乐却笑起来，哈哈哈，种小米辣你是内行，养鸡可不如我。我在部队养过鸡，要是一窝的才不掐呢。这些鸡认生，正说明你小米辣是清白的！

小米辣差点儿哭出来，王警官，我不清白，我破坏了绿化……

六十、斗地主

农民斗地主。当然，是说打牌。王大爷一得空儿就喊老哥儿几个斗两把。炸！炸！高门儿大嗓，没输过。

可是，这天，当真斗起来，他却输了。咋回事？

昨夜下了一场暴雨，王大爷却睡得很踏实。新买的三轮车放楼道里了，不怕。谁知早上一出门，气爆了肚子：三轮车被推到门外，淋了一夜雨！谁他妈做的缺德事，出门让驴踢死！他骂起来，大嘴对准邻居的门。前两天听这家人喊过，谁的三轮堵了楼道啊？不是他家干的才怪！邻居黄女士被骂急了，一开门冲出来，你汪汪什么？屎没吃够啊？王大爷更火了，你推三轮还骂我？我捶死你！不料，没容上手，黄女士一个无敌铁头功，把他顶了个王八晒肚儿大仰壳。王快乐闻讯赶来劝架。王大爷成了伤兵，黄女士赔了药费。王快乐弄清楚三轮车不是黄女士推的，王大爷脖子一梗，有出气儿没进气儿。黄女士在外地工作的丈夫赶回，熊了老婆一顿，又跟王大爷赔不是。他对王快乐说，枣儿吃了，核儿还在肚里。我待不住，拜托王警官解疙瘩！

王快乐说，你放心去！

王大爷有性子，解疙瘩得先从他下手，但不能操之过急。

这天，王大爷又斗地主了。

王快乐凑上去看了一会儿，王大爷，怎么样？

王大爷说，嗨，都输两把了。

王快乐说，我帮您试试？

王大爷白他一眼。

王快乐说，您多指点！

王大爷黏黏糊糊地把牌递给他。

想不到，王快乐一上手，又翻，又炸，很快扳回两局。

嗬！王大爷叫起来，看不出王警官是老农民啦，往后常来助阵啊！

王快乐说，好好，多跟您学！

王大爷哪儿知道，为了能跟爱打牌的老头儿老太太玩到一块儿，王快乐这手牌是跟高手磕出来的。

就这样，牌桌一来二去，跟王大爷成了好朋友。

他说，王大爷，您也别老打牌，帮我做点儿事好吗？

王大爷说，我能做什么？

王快乐说，您可以参加“夕阳红”义务巡逻队呀。

王大爷说，我行吗？

董老头儿抢过话，老哥，你怎么不行！来，扮上！

说着，就拿来迷彩服、红袖套。

王大爷一穿戴，嘿，换了个人！

他争强好胜，站岗巡逻，处处带头，不久被评为治安先进分子。

王快乐又说，您现在是先进分子了，各方面都要做表率。一个大男人跟女人斗什么气？

王大爷不好意思了，我给邻居道个歉吧，是我先骂的，车也不是人家推的。

黄女士一看来道歉了，忙说，我不该上头，不该上头！

于是，两家成了一家。

这天晚上，王快乐带领王大爷一行巡逻，来到僻静处，忽听树下有人叫，炸！炸！

王大爷一瞪眼，谁在斗地主啊？怎么听着生啊？

王快乐带人围上去，打牌的一看警察来了，爬起来就跑。

王快乐大叫一声，站住，再跑我就开枪了！

跑的人吓成泥胎，乖乖束手就擒。

其实，王快乐哪儿有枪啊。

带到警务室一审，叫人哭笑不得，这几个家伙窜进社区偷东西，看看天还早，就躲在树下斗地主。

斗着斗着，竟然喊开了，忘记自己是贼了。

六十一、狗拿耗子

王快乐开会回来，刚进警务室，电话就响了。是邻近社区居委会打来的。王警官，你快来吧，你们社区的老刘在这儿闹事！

王快乐顾不得喝口水，急忙赶过去。

离老远就看见围了一群人，大呼小叫的。一打听，人家社区在拆违建，户主不干，跟城管吵起来。老刘送孙子上学正好看见，立马冲过去，指着城管鼻子，吵得比房主还凶。王快乐上去拉他，老刘回过头来就吼，你拉什么？警察就知道帮城管欺负老百姓！他们没批文你知道吗？他们没给人家补偿你知道吗？

王快乐被问傻了。

城管说，批文让户主给撕了！

户主跳过来，什么屁文！连个红章都没有！

城管说，那是复印件。

老刘又叫起来，都听见了吧？拿个复印件就来这儿耍大尾巴鹰！再说了，给人家的补偿哪？

城管横起来，你少狗拿耗子！

老刘说，我就拿了，怎么的？你们今天拆个试试！

结果，城管只好回去取批文正本，又搬出条例说拆违建没有补偿。老刘说那你们也要合适点儿，老百姓活得不易！你们脱下这身皮，也是老百姓一个！城管说我们回去研究研究。老刘说这还算句人话！说完，瞪了王快乐一眼，扭头就走。王快乐鸭梨脸红成猴屁股。

回到警务室，居委会主任说，王警官，您别跟老刘怄气。他属狗，就是个狗拿耗子的人，大喇叭嗓子一天不过电就难受！只要有三个人凑在一起说什么，他的腿就走不动了，非要上去弄明白！

话音未落，门外传来吼叫声，又是老刘！

社区正在进行局部改建，老刘看见施工人员拿起砖就砌，瞪眼吼起来，嘿，你们这是干吗呢？小孩子玩过家家哪！砖上有土知道吗？不用水先洗洗就砌，水泥跟土能粘在一块儿吗？

施工人员白他一眼，去去，关你什么事？狗拿耗子！

老刘急了，我就拿了，怎么的？你们搞豆腐渣工程，没门儿！

工头儿一看吵起来了，赶紧跑过来，说不是不洗，周围没水啊！

老刘嗓门儿更高了，活人还能让尿憋死？这不是理由！

工头儿拉下脸来，正要跟他发火，忽然有人站出来力挺——

老刘说得对，没水不是理由！没水可以找水。砖不洗洗土就砌，质量能不受影响吗？

力挺者，王快乐也。

工头儿耷拉了脑袋，老刘抬起头。

王快乐看围观的人里三层外三层的，索性放开了说，施工质量好坏，关系到家家户户。我建议，咱们成立一个监督小组监督施工，好不好？

大家都喊好。

王快乐又说，我提议老刘担任组长，好不好？

大家说好啊好，还鼓起掌来。

居委会主任问，老刘，你的意见呢？

老刘笑了，嗨，没说的，我就是爱狗拿耗子！

王快乐说，那有什么不好？就怕耗子满街跑，谁也不搭理！

哈哈哈！大家都笑起来。

老刘抖擞精神走马上任，每天都比施工人员到得还早。他帮助接起水管，哗哗哗地把砖冲洗干净，脸上的笑容像挂面下进热锅里，四散开来。

六十二、测谎水

社区城乡接合，农民变市民，养羊户只剩下几家了。其中，老赵家和老徐家养的羊最多。

这天，老赵跑到警务室，说老徐偷了他一只小羊。

王快乐问，你怎么知道是老徐偷的？

老赵说，前天我就发现少了这只小羊，伸着脖子到处找。今早发现在老徐的圈里。羊是自家孩子，长啥样儿一眼就认得。我那羊头上长了三个旋儿，跟别的不一样。我跟他要，他说那是他家的，死活不给！

正说着，老徐也跑来了，人还没进屋就喊，就许你家羊脑壳长三个旋儿？我家的羊随我，也长三个旋儿。

说着，冲大家低下头，用手一扒自己的脑壳。

果然，他头上也有三个旋儿！

王快乐笑了，人长三个旋儿也不多见啊！

老徐说，一旋儿横，两旋儿拧，三旋儿打架不要命。老赵，你真想打架，就放马过来！

老赵说，我没马，就有羊。你还我羊来！

老徐说，你说是你的羊，我问你，你的羊头上除了有旋儿，还有什么？

老赵说，还有鼻子眼儿！

老徐说，废话！没有鼻子眼儿那叫大石头！

王快乐问，老徐，那你家羊头上还有什么？

老徐说，抱来就让他傻眼！

不一会儿，老徐把羊抱来，老赵果然傻了眼，羊头上还有三点儿红，一个旋儿一点儿。

老徐笑起来，你再说是你的羊？

老赵眨眨眼缓过神来，说我早上看见还没有，这红是你刚点上的！这羊就是我的，越看越像！

老徐说，你少来吧！像什么像？你早上刷牙像拉胡琴似的，看着就让人烦！

两个人在警务室里争执不下，门外挤了一堆人看白戏。

协警小吴叫起来，你们别吵了，乡里乡亲的！要我说，总有一个说谎的。你俩看见了吗？他边说边往王快乐腰里一指，这是什么？

争执的两个人一齐朝王快乐腰里看去，只见警用皮带上挂着一个小皮兜儿，里面插着一个小黑筒儿。

小吴说，这是新发的测谎水！拿出来往你们身上一喷，谁说谎当时就现！

老徐一听，吓得直躲。

王快乐笑起来，测谎水今天就省了，挺贵的东西。

老徐，你把羊给我，让它自己说是谁家的！

老徐大吃一惊，啊，羊还能说话？

王快乐说，这个特异功能连你都没想到吧。

说着，从老徐手里抱过小羊。哎哟，又轻又软，还是个孩子。

他说，老赵，老徐，你们都回去把羊妈妈牵来！

两只羊妈妈来了。老赵家的羊妈妈咩咩一叫，小羊立刻挣扎着从王快乐怀里跳下去，一头钻进妈妈怀里。老徐的脸登时紫成茄子，承认自己不对，说他也跑丢了一只小羊，恰巧老赵的羊跑到他的羊群里，他就抱起来。

王警官，往后我再也不这样做了！

无巧不成书。老徐刚认了错，就有一户养羊人抱着一只小羊进来，说他家圈里多了一只羊。

老徐眼睛一亮，这羊……是我的！

事后，王快乐拔出腰里的防暴喷雾剂，笑着对小吴说，好玄，如果人家真等着让你喷，咱俩今天就都现了！你跟谁学的忽悠人？

小吴说，还能跟谁？你忘了金子探测器啦？

六十三、面包砖

社区要增加一名协警，王快乐提议下岗工人冯五。居委会主任刚要发言，忽听门外吵闹，嗓门大的正是冯五。出去一看，原来……

社区在修路，车道已铺好，正准备铺人行道。冯五一看要铺面包砖就叫起来。所谓面包砖，就是一块大方砖上切割出很多小方块儿，很像一种面包。

冯五说，好看是好看，不适用。一是不平，容易绊着老人孩子，特别是孩子骑儿童车会别轱辘。有的居民抄近路把汽车开上去，一压，小方块儿就飞了。再有，砖缝里存土，不好打扫卫生。

施工方说，料都拉来了，不铺也得铺！

冯五叫起来，谁说的？为什么事先不征求居民意见？你们铺完就撤了，留下我们受罪！

王快乐一听，冯五有道理，就让施工方先停下来再协商。

冯五这才收声。

事后，居委会主任说，冯五热心社区事业，没说的，就是他老婆金凤爱占小便宜，群众有反映。他当了协警后，可别受老婆影响，在你眼皮下是佛，离开你就是鬼啊！

王快乐说，这个问题我跟他谈。先试用半个月，不行再说。

冯五穿上协警制服没几天，王快乐就外出集中学习十天。其间，他一心挂八肠，又想社区百姓，又念冯五表现。学习一结束就脚打屁股蛋儿往回赶。

刚进社区，迎面碰上金凤，吓了一跳。

只见金凤的脸上横竖两个大手印儿，肿成“面包砖”。

王快乐惊问，这是怎么啦？

金凤哭起来，冯五打的。

王快乐问，他干吗打你？

金凤哭得说不出话，扭头走了。

一旁的阎老太说，嗨，就为一把瓜子！她要吃，冯五不给她吃，两个人就叫起来，冯五上去就是两嘴巴！

王快乐连忙到门口买了两包瓜子，递给阎老太，一包给您，一包给金凤，就说是冯五给她买的。

阎老太笑开了花儿，我跑腿儿带说瞎话，还得犒劳！

王快乐回到警务室，正赶上冯五在调解纠纷，掰开揉碎使双方握手言和。

王快乐说，你行啊，冯五！

冯五说，还请您多批评！

王快乐说，什么时候学会谦虚了？你不请，我也要批评你！说吧，为什么打人？

冯五的脸一下子扭了，我……我……

这时，金凤推门进来，王警官，不怪他，怪我。门口卖瓜子的让我尝尝，我就抓了一把，刚要吃他就过来了，说人家挣不了两个钱，干吗吃人家的？我回了两句嘴，他就打了我。当时我死的心都有，过后想想，他做得对。他跟我说过，他现在是公家的人了，要我给他争脸！阎老太刚才送来他买的瓜子，他给我道歉，我更要给他道歉！

冯五听得丈二和尚，王快乐忙使个眼色，冯五赶紧说，老婆，往后我挣的钱都给你买瓜子。

金凤笑了，那我就成卖瓜子的了！

王快乐喝道，冯五，试用期间你竟敢打人，还不快把制服脱下来！

冯五一听差点儿哭了，王警官，您不要我了？

王快乐笑了，才穿几天就泥猴儿似的！

冯五说，社区排污井堵了，我帮助掏来着……

金凤叫道，回什么嘴，快脱下来我去洗！

六十四、储存感情

社区外来户老金为办社保，腿都跑断了，饭量见长，事儿没办成。他硬着头皮来找王快乐，鹅知道，这事儿呢不该你管，可鹅实在没法子！

老金是陕西人，出来多年了，还管“我”叫“鹅”。

王快乐安慰他几句，接下了活儿。

老金走后，协警小吴直嘟囔，办社保也来找！

王快乐说，人家来找，就是有难，谁吃饱了撑的找警察玩？躲都躲不开！人家本来就难，咱再推，没劲！咱脱下这身官衣也是草民一个，就没难办的事了？照样！

王快乐亲自上阵。尽管穿着官衣，见到的脸还跟生茄子似的，紫黑发青。办事员有话不讲清楚，叽里咕噜，害得他为一个手续来回跑几趟，连看门儿的都认识他了，大爷，你又来了，你是推销盒饭的吧？

王快乐说，有警察推销盒饭的吗？

看门儿的说，那可没准儿，谁知道你是真警察还是假的？

王快乐气得半死，鸭梨脸也成了生茄子。

老金的社保好歹办下来了，笑得菜花似的。他尝到了甜头儿，儿子娶媳妇办公证，需要派出所盖章，他又找王快乐来了。鹅，鹅，他话还没说完，王快乐就把材料接过来了。一看，要公证的东西区里已经盖了章，但是格式不对，人家公证处有公证处的格式要求。

王快乐说，老金，你也别来回跑了，在我这儿坐一会儿，我帮你重新打一份。

说完，他按格式打好公证内容，又骑着摩托到派出所，先填好公安这边儿的，把章盖上，又拿回来递到老金手里，你再去补盖一个区里的章，就可以去公证处公证了。

老金感动得说不出话，鹅，鹅，眼泪直打转儿。

事情就这么凑巧，过了些日子，另外一个社区因为选举引起纠纷，老百姓认为现任村官有贪腐行为，要罢免他重新选举，为此聚集在村委会，场面混乱，急需警力维持秩序。王快乐也被抽去参加了。警察去了以后，被老百姓团团围住，误认为是来为现任村官撑腰的。领队的教导员解释说，乡亲们，我们是从社会安全角度来的，不是帮哪一方的，也不是来干涉选举的！那也不行，围住不许走。再怎么掰开揉碎地说，也没用，还出现了推搡。再僵持下去，后果难料。

就在这时，一个村民忽然站出来，走上前，拉住王快乐的手说，大家听鹅的，他是好人！是为鹅们老百姓办事的！大家都闪开，让他走，让这些警察都走，有什么事找鹅好了！

不用看，听声音就是陕西人老金。

原来，老金的老婆是这个村里的，他常来村里，因为豪爽仗义，在当地很有威信。他这样一喊，老百姓都让开了。警察平安撤出。后来，村里的选举也顺利进行了，老百姓推翻了贪官，莺歌燕舞。

协警小吴万分感慨，哎呀，真绝了！

王快乐笑道，警民关系跟存款一样，平时不存，到时候你就想取，行吗？

六十五、生死搏斗及尾声

为了给孙大爷转户口，王快乐便装上了开往邻省的长途。车行中途，突然有人玩起赌博。三碗倒扣，其中一碗当众扣住下注的百元大钞，设局人把碗转动后，让下注人猜，猜中返双，否则输掉赌注，还要再赔等数。一人设局，四人当托儿，吆五喝六，好像很容易猜中。明是骗局，车上偏偏就有二货动了心，上去就押两千。一翻，空的！两千失联！设局的说再赔两千来，二货不肯，托儿们立马显形，拳脚相加，上去就抢。

王快乐大喝一声，住手！我是警察！

几个家伙回头一看，我们还是警察他爹呢！你少管闲事！

王快乐说，这事我管定了！

几个家伙就冲过来。

一车人，包括二货在内，呼啦啦全跑后面去了，像小鸡子被雨淋得直哆嗦。

王快乐是练家子，在部队跟空气练了几年，这下可逮住活人了。他占据有利地形，鸭梨脸一横，来吧！

司机停下车，要打你们下去打！

王快乐说，你敢把他们放跑了，我拿你是问！前面就是春光镇，快往派出所开！

司机说，听你的！

歹徒们一看车又开了，扑上来玩命。

王快乐抱住一根立柱，猴子一样腾空飞起，踢倒两个家伙，紧跟着又甩出老拳，打断另一个家伙的鼻梁。一个歹徒打碎车窗，拿着玻璃碴儿猛刺过来，王快乐躲闪不及，刺中手臂，登时血流如注。他哪里顾得，起脚飞拳，连连得手，边打边冲车后喊，有没有共产党员？有就站出来！喊声未落，蹿出一平头小伙儿，嘴里学着武打片，呀呀呀！扑上来与王快乐形成夹击之势。一个歹徒踢过来，王快乐出手抓住他脚脖子，顺势一拧，这家伙就趴下了；又抽下他的裤带，套住他的脖子，只一勒，翻了白眼儿。平头小伙儿解下自己的领带，把歹徒捆起来。那个鼻梁被打断的家伙，也很快被王快乐捆起来。还有一个家伙翻窗跳出，摔得鬼喊。一看歹徒大势已去，乘客中又冲出几个，七手八脚制服了剩下的鬼东西，一个个都给捆了起来。

这时，车已经开进镇里。巧了，一进去就看见派出所。司机停下车，王快乐打开门就喊，来人啊！

连喊几声，出来一个协警，打着哈欠问，什么事？

王快乐说，抓住几个行骗带抢劫的，交给你们处理。

协警说，噢，是车上犯的事啊，这个不归我们管，你们送车站派出所去吧！

王快乐气炸了，啊？谁教你们分得这么清？一车人还等着赶路呢！这儿就是你们管片儿，还让司机往哪开？

听见王快乐吼，屋里又出来几位。原来，他们在打牌呢。

王快乐更来气了，好啊，工作时间打牌，正经事儿往外推！我认识你们伍局长，我这就给他打电话！说着就掏手机。

几位急忙拦住，兄弟，别打，别打，我们收还不行吗？

事情就这样解决了。歹徒放下，车接着开。

其实，王快乐哪儿认识邻省的伍局长啊，只不过以前在报上见过，觉得名字好玩就记住了，叫伍良夜。

六十六、按下葫芦浮起瓢

社区有一大片老居民楼，因为建得早，没有围墙，成了小偷的乐园，最常丢的就是自行车、电动车。居委会腾出施工遗留的工棚用于存车，收取服务费看管。可是，不少居民图方便，懒得往车棚里送，丢车时有发生。要想根治，必建围墙。王快乐跑前跑后，求爷爷告奶奶，总算找到经费修起围墙。有了围墙，就要有传达室把守门户。于是，昼夜施工，日渐成型。

一天，王快乐办事回来，刚想喝口水，董老头儿就跑来，王警官，不好啦，传达室让人给扒了！

王快乐大吃一惊，急忙赶往工地。但见灰飞烟灭，满地砖头。

这是谁干的？

董老头儿说，煤气公司！他们说这底下有煤气管道，不能盖房子，还说前两天就打过招呼了。

王快乐说，跟谁打了？我怎么不知道？

居委会主任说，噢，跟我打了。我一忙，忘告诉你了！

得，覆水难收，只能另起炉灶。改换传达室位置，这可不是说着玩的，等于重建大门，要拆墙补墙，前功尽弃。但事关安全，马虎不得。再说，附近社区刚刚发生了煤气爆炸事件，听着都吓人一跟头。没说的，改！拆！就这样，拆了一段好好的墙当门口，重新建传达室。

刚刚起了地基，城管的又来了，停工！停工！地址如有变更必须报批，否则按违章建筑处理。得，只有重新停工。王快乐托人送礼，甜言蜜语，好不容易办了加急审批，恢复了施工，不料，又来了自来水公司的，你们是想夏天游泳啊，还是冬天滑冰？

王快乐反问，有话你能好好说吗？

自来水公司的说，停工！马上停工！

王快乐问，为什么？不会是下面又有自来水管吧！

自来水公司的说，恭喜你答对了！不错，下面有水管，不能挖也不能压。

王快乐鸭梨脸歪成了面瓜，我们办改址手续时找过自来水公司，为什么你们当时不提出来？

自来水公司的说，要不就有渎职一说呢？有人就是工作不上心，本该到现场察看他不来，大笔一挥就签字盖章了。得啦，我们知错就改，现在正式通知你们停工改址！

王快乐气不打一处来，说得轻巧吃根灯草，改址哪儿那么容易！

自来水公司的说，你们爱改不改！丑话说前头，冒出水来我们可不管修！说完，扭头走啦。

没辙，再改址，重受罪。

这回，王快乐聪明了，咱们不挖坑打地基了，先搭个简易活动房，把工作干起来，看谁再来找！

简易传达室搭起来了。

没人再找了。

很快，围墙加传达室神威大显，老社区再也不丢车了。

王快乐兴高采烈地对居委会主任说，这回可把小偷治住了。

想不到，居委会主任冷冰冰地回了一句，是啊，谁也不把车往车棚里送了，居委会亏大了！

王快乐当时就蒙了。

后来，董老头儿悄悄告诉他，听说地底下什么都没有，是居委会打电话让人家来的！

六十七、宜兴汇款

这天，王快乐办事回来，忽然看见陈老太在垃圾站捡菜叶儿。哎哟，捡菜叶儿吃？不会吧！

他紧走两步，大妈，您这是……丢东西了？

陈老太闻声抬头，见王快乐盯着自己手里的菜叶儿，一脸不自然，哦，王警官，我……我捡了喂鸡。

王快乐老福尔摩斯了，当天晚上就家访。一进门，看见饭桌上的盘子里盛的正是这些菜叶儿。还有一些菜叶儿，洗得干干净净，晒在窗台上。真相大白。陈老太脸一红，王快乐差点儿掉了泪。

陈老太七十多岁了，很干净也很有品位。桌上放着打开的书。孤灯下，她叹了口气，跟王快乐聊起家常。原来，她早年是紫砂壶大亨老板的太太，因不能生育，丈夫又娶了二房。二房生子后病故，陈老太含辛茹苦把孩子拉扯大。后来，丈夫去世了，儿子不认她，她一个人从宜兴搬来这里，借住侄儿的房。原先在一家街道缝纫厂上班，工厂倒闭后生活就没了着落。居委会说她户口不在本地，没法儿申请低保。

王快乐听了心头一紧，掏出兜里的两百块钱，大妈，您先用着。

陈老太忽然提高声音，王警官，我过得不是挺好吗？你快把钱收起来！

王快乐说，好吧，我去宜兴找您儿子。虽然您不是生母，但对他有养育之恩！

陈老太说，别去了，去了也白去。

陈老太话说早了。王快乐去过宜兴后，没几天，儿子就汇来三百块钱。陈老太高兴得霞光四射，急忙来到警务室，王警官，太谢谢你啦，我儿子汇款来了！

鸭梨脸笑开了花儿。

老人拿着汇款单，翻来覆去，爱不释手。过了一会儿，又说，看来儿子跟我还是生啊，光汇款了，连句话也没有。

王快乐说，可能他忙吧，又急着给您汇。也许下次就会留言了。

转眼过了一个月，老人又收到了汇款。哎哟，真让王快乐说着了，汇款留言上有儿子写下的话：祝母亲身体健康，生活愉快！

陈老太高兴得年轻了二十岁，小跑着来到警务室，离老远就喊，王警官，我儿子又汇款来了，他当真留言啦，祝我身体健康生活愉快！

警务室静悄悄。

董老头儿闻声过来，说王警官去街道办事处了，走的时候说啦，一会儿就回来，谁要找他有事就坐下来等等。

陈老太就坐下来，眼睛不经意往办公桌上一扫，看到一本打开的记事本。这一看不要紧，眼一下子直了。她站起身，再往记事本上看，突然，哇的一声，掩面大哭。

董老头儿吓得抓耳挠腮，大妹子，你，你这是为哪出啊……

笔记本上的字，跟汇款单上的字一模一样！

王快乐的确去了宜兴，通过派出所打听到陈老太儿子的住处，又改了主意，觉得自己这样贸然前往，也许会适得其反，加重母子不和，不如从长计议。于是，转而去了邮局……

后来，他又下宜兴，把陈老太的户口迁来办了低保。

再后来，老人的儿子得知了这一切，流着泪赶来见母亲。

六十八、一鼓作气再而衰

小朱和小吴是社区惠山酒店的服务员。小朱很瘦，人称瘦猪。小吴很胖，人称胖吴。

这天，客人不多，服务员扎堆儿开玩笑。

小朱说，小吴今年的目标是减肉十斤，到年底了，上秤一称，离目标就差三十多斤了！

大家笑得泪奔。

胖吴撑不住了，喊了声猪，拿个烟灰缸丢过去。小朱一躲没砸着，也撑不住了，拿个盘子飞过去，正打在眼眉上，哗地冒了血。

老板娘吓坏了，赶快送医院。小朱趁乱跑了。

还好，美眉美眉，只伤了眉，大夫缝了几针没事了。

胖吴没事了，她老公却很生气，找到王快乐，要小朱拿三万块，不然白刀子进红刀子出。

王快乐一看，这位牛鼻马眼，说不定真能干出蠢事，就安慰他，这事交给我好了！

接下来，王快乐到处找小朱。问破嘴，跑细腿，总算找到了。

小朱说，我哪儿有三万啊？真想把自己卖了，谁给三万就卖给谁。

王快乐说，你挺棒的小伙儿，三万太便宜了！

小朱说，我连三百都没有，拿什么赔？

王快乐心想，胖吴的老公是不是要得太高了？

他来到医院了解伤情。大夫说，噢，那个胖姑娘啊，肉厚着呢，就是表皮伤。

王快乐又问，破不破相？

大夫说，小针细线，破不了！

王快乐一听，石头落了地。

时间是最好的药。冷冷再处理，效果会更好。

王快乐故意拖了几天，才去找胖吴的老公，问胖吴的伤好了没有？

胖吴的老公说，好了。跟着就问，三万块呢？

听口气已经不那么强硬了。

王快乐说，人还没找到。你也想想，他一个打工的哪儿来的三万块呢？再说，事出有因，本来开玩笑的，胖吴先急了。

胖吴的老公说，那就赔两万。

王快乐一听，他主动降下一万，有门儿！

好，我再去找人！

当然，王快乐用不着找，每天都要见小朱。

小朱说，我要有两万，马上就给他了。

王快乐问，那你能赔多少？

小朱说，我有两个月工资没领，五千块，再多没了。

王快乐一听，差距虽然很大，但他毕竟还有钱能赔，这就好办。

王快乐又拖了几天。这真是，一鼓作气再而衰。当胖吴的老公忍不住来找王快乐时，劲头儿小多了。

王快乐说，人还是没找到。你看，胖吴的伤也好了，你是不是再少要点儿？

胖吴的老公说，好吧，一万五，不能再少了。

王快乐说，这样吧，你真想拿到赔偿，就再让一半，七千五！

胖吴的老公说那不行，太少了！

王快乐说，我跟你明说吧，他人躲起来了，一下子很难找到。我了解了，老板娘那儿有他五千块工资，最起码这五千块我能给你拿到。余下的他要是拿不出来，我先给你怎么样？

胖吴的老公抓抓脑壳，王警官，我怎么能要你的钱？算了，五千就五千！

王快乐说，这就对了，总比一分钱拿不到好！

最终，双方签了调解协议。

小朱重回酒店工作，胖吴另外找了个工作走了。

老板娘说，也好，她太胖了，弄不好，客人还以为我们店做菜不放味精放激素呢！

六十九、丢人现眼

王快乐有“六一”。啊？四十好几还“六一”？

一身警服，高大上；一个警官证，表明身份；一张笑脸，笑鸭梨；一句问候，您好，亲上亲；一双拖鞋，装在塑料袋里拎着去家访，进门换上不踩脏人家的地；一声敲门，带着敬畏，把居民家的门当局长家的门。

此“六一”，是王快乐入户访问成功的法宝，百用百灵。

可是，这回，在老黄家却不灵。“六一”都用了，也没给好脸。

老黄是一位国画家，擅长写意花鸟。七十多岁了，鹤发童颜。小他十岁的老伴儿，最近迷上非法传销。家里一点儿不缺钱，纯粹被人“下了药”。王快乐决定入户做做她的思想工作，但听说老黄不欢迎警察进家。不欢迎也得去啊，硬着头皮呗！

王快乐上楼敲门，开门的正是老黄，一看是警察，他扭头就往书房走。边走边喊，让你别传你非传，这回好了，把警察给传来了！

甭问，是冲老伴儿喊的。

老伴儿躲在里屋不出来，王快乐尴尬得手脚没处放。

尴尬归尴尬，心里却豁亮了。看来，老黄也不同意老伴儿搞传销。这就好做工作了，跟他有共同语言，二比一准能说服老伴儿！

王快乐快乐起来，跟随老黄进了书房。

老黄刚才正在画画，被来访打断，心有不悦。他不理来访者，提笔接着画。画什么呢？王快乐凑上去一看，哦，几朵大牡丹，富贵又鲜艳。还等什么呀？赶快赞一个吧，话从牡丹说起，语言就更共同了。

王快乐张嘴就来，哎哟，黄老，您画的牡丹真漂亮啊！

想不到，老黄回过头，白了他一大眼，这是芍药！

啊？芍药？哎哟喂！王快乐连脖子都红了。这真是，丢人现眼到家了！他抓抓脑壳，不知说什么好，啊，啊，我觉得，觉得……牡丹和芍药都差不多……

哼！老黄的鼻子暴响一下，再也不出声了。

王快乐狼狈不堪，草草收场，像做贼一样溜出门儿。

回去的路上，他恨不得打自己俩嘴巴。抬起手来，没有打嘴巴，摸摸大鸭梨，打起新主意。

第二天，他来到区文化馆，报名上了业余国画班，恶补牡丹和芍药。不学不知道，一学真开窍：牡丹和芍药雅称“花中二绝”，看似相同，实则不同。牡丹是灌木，芍药是草本；牡丹叶片宽厚，芍药叶片狭薄；牡丹独朵顶生，花大色艳。芍药则数朵顶生并腋生，花型较小。古人云，牡丹为花王，芍药为花相；两者花期亦不同，“谷雨三朝看牡丹，立夏三照看芍药”。

王快乐识罢两花又学画，写意工笔都招呼。

当他再次“六一”老黄家，进门先来了一句白居易：“今日阶前红芍药，几花欲老几花新。”

老黄大吃一惊。

王快乐跟着又是一句刘禹锡：“唯有牡丹真国色，花开时节动京城。”

老黄哈哈大笑，说士别三日刮目相看，王警官，请！

王快乐成了老黄的知音。

老伴儿呢，也不传销了。传纸，研墨！

七十、小吴开店

小吴因打架入狱三年，出来没了工作。父母很着急，王快乐也很着急。

小吴说，要是有钱我真想开个店。

王快乐问，你想卖什么？

小吴说，社区老人多，我卖寿衣花圈吧！

王快乐连忙摆手，使不得，太吓人啦！我帮你留心，如果有了门面，你卖水果香烟吧！

小吴眉撇八字，嗨，过过嘴瘾吧，哪儿有钱啊！

王快乐说，船到桥头自然直。

不久，机会来了。代卖王兴记小笼蒸包的老苏被烫伤了，要住院，熟食店不能打理了，托王快乐找个稳妥人租出去。王快乐说，人是现成的，我正为小吴找门面呢。老苏说，噢，那孩子不坏，坐牢也是因为打抱不平。让他先干着吧，房钱等周转过来再给我。王快乐说，我谢谢您啦，老苏！

有了门面，王快乐拿出八千块钱让小吴进货，又陪他去二手市场买货架。小吴感动得掉泪。王快乐说，往后再别打架了！

小吴进了货，高高兴兴开起店。

这天，地头蛇刘三儿来了，拿起一个芦柑就吃，小吴没吭声。刘三儿说不甜，又吃一个。

小吴忍不住了，小本儿生意，经不起白吃。

刘三儿问，多少钱一斤？

小吴答，两块八！

刘三儿一瞪眼，你卖黄金哪！边说边把芦柑剥了皮，你给我称！

小吴说，没有这样剥皮的！

刘三儿说，皮能吃吗？啊！说着就要掀摊子。

小吴忍无可忍，揪住他举拳就打。拳到半空，又放下。

刘三儿反过手来，一拳打黑小吴的眼。

王快乐闻讯赶来，拿下刘三儿。

刘三儿说，我公安有人！

王快乐说，不管有谁，撒野就不行！

遂叫警车把人带走。过后，政法口的一位处长打来电话，快乐啊，我有个老乡得罪了你，我给你赔罪，请给个面子。

王快乐说，不是得罪我，是得罪了我社区的居民，没商量！

刘三儿被拘留十五天，赔了药费，连年都没过成。

按下葫芦浮起瓢。过了几天，小吴忽然打电话给王快乐，说他刚进了烟，就有人举报他卖假货，工商把烟全没收了。这下赔惨了，店开不成了！又说，我知道是谁干的，对面卖烟的老六。他卖的才是假烟呢！王快乐一听，同行生冤家。赶紧给工商的老战友周宏打电话。巧了，去没收的正是周宏。

周哥，我跟你求个情，这个店是我支持搞起来的，为的是帮扶释放人员。小店刚开业，小吴进货没经验，放他一马行不？

周宏说，你让我知法犯法？

王快乐笑了，哪能呢，你看这样行不，晚上让小吴把货取回来退了，把本钱拿回来，你们再去追查假货源头。

周宏也笑了，也就你能出这个馊主意，源头我们明天就去查！

本钱回来了，小吴兴奋得直跳脚儿，往后进货我可要留神！

王快乐说，同行要成朋友，今晚我请你和老六吃个饭。

话音未落，身后传来老六的声音，王警官，哪儿能让你花钱？我要改行卖无锡小吃了，有肉骨头、海棠糕、玉兰饼、惠山油酥，今晚先请你们尝尝鲜！

七十一、饭桌游击战

傍晚，社区临街的饭馆热闹起来。吃饭的，喝酒的，全都上了阵。

张老板一看生意来了，就把饭桌摆出来，占了人行道。他的厨师烧得一手锡帮菜肴，腐乳汁肉、盐焗鸡、无锡酱排骨。肉酥味香，食客多多，大快朵颐。

老板，我那碗面要多放香油，我不怕香！

老板，给我上最臭的臭豆腐，我喜欢臭！

人行道成了大排档，临街住户腾云驾雾麻辣熏了眼，路人没了正道走车道，一地垃圾一地油腻一地大鼻涕。于是，城管来抄了。鸡飞狗跳。屋外违法，屋内安全，只要张老板把桌椅抢先搬回了屋，城管就干瞪眼。城管前脚走，张老板后脚又摆出来。

烟熏火燎，煎炒烹炸，毛豆花生小龙虾！

这天，城管又来抄了。他们前脚刚走，张老板又故技重演。想不到城管杀了个回马枪，张老板措手不及，被抄了个正着。眼看桌椅板凳被搬上车，他急红了眼，孙子们，要是没有我开饭馆，你们就吃大便！边骂边要上去抢。城管也叫起来，好啊，暴力抗法，带走！正在这时，斜刺里蹿出一位，得了，把他交给我吧！

谁呀？王快乐！

张老板占道经营，社区里的人没少跟王快乐叨唠。王快乐也真伤脑筋。说实话，这个不归他管，也不好管。

他从城管手里“救”下张老板，张老板还鸭子死了嘴壳硬，我就是要摆！他们有本事住在这儿别走！

王快乐笑了，行啊，你要是掏房钱，我这就去联系住处。要不，就住你家？

张老板也笑了，我可没那么土豪！

王快乐说，你占道经营本来不对，再说，人家吃着也不卫生啊，车来人往，尘土飞扬，细菌全吃嘴里了，多脏啊！

张老板说，他们不怕脏！别说脏了，连毒都不怕！谁没喝过三聚氰胺？客人愿意在外边吃，赖不着我！

王快乐说，要是人家不愿意在外边吃，你还摆不摆？

张老板说，没人吃我还摆，那不是有病吗？

第二天，城管没来抄，张老板当然又摆上了。客人刚坐下，忽闻异臭。抬眼一看，一辆手推垃圾车装了半车垃圾停在路边。嗬，这车垃圾可真够恶心的，西瓜皮、手纸、狗屎……应有尽有。一位毛脸壮汉，手拿大扫把，虎瞪张飞眼，直朝餐桌下扫视。

客人们纷纷起身，说这儿没法儿吃了，跟进了厕所一样，还是回屋吧！

张老板跑出来冲壮汉说，嘿，你在这儿干吗呢？

壮汉说，干吗呢？伺候这儿的卫生呢！实话告诉你，我是街道办事处派来的，就管这儿的卫生。吃饭的人掉地上什么，我就扫什么，扫不干净扣我工资！

张老板一听，傻了。

再一看，壮汉太壮，自己不是个儿！一缩脖儿，回屋了。

壮汉推着垃圾车一连守了三天，别说没人在外边儿吃，连屋里都不进了。张老板急得抓耳挠腮，连忙找到王快乐，王警官，求求你跟街道办事处说说，让他们把这个毛胡子请走吧！往后，我再也不往人行道上摆饭桌了！

王快乐两眼儿一眯，这个嘛……有点儿难。不过，我去说说看！

七十二、饭局

拆违建是王快乐的头疼大事。本不归他管，害怕发生冲突，就让他配合。六个指头挠痒痒，多一道儿。

社区里的一间皮鞋作坊就属于违建。张金凤离婚后带孩子在此经营，每个月10块的暂住人口管理费交起来都磨磨叽叽的。作坊面临被拆，她带话给王快乐，想请他吃饭。王快乐摸摸鸭梨脸，我胖不欲生，不能再吃了，谢谢哈！

过了两天，一个周末下班后，居委会副主任陈友来找王快乐，今儿晚上我请你吃个饭，有事跟你说。

王快乐说，有事就说，吃什么饭？我胖得耳朵眼儿都快堵上了。

陈友说，我们弄两口，边吃边说。

这陈友就是好吃。那天吃茅草捆肉，别人吃完都剩下捆肉的茅草，他盘子光光的，连草一起吃了。

王快乐经不住磨，好吧，反正已经胖得没救了，再添点儿膘，天冷抗冻。说好了，我请你！

陈友说，走吧，咱俩谁跟谁？

拉着王快乐来到一家饭馆。

陈友说，你点，想吃什么点什么。

王快乐说，我是饭馆杀手，吃了我点的菜你就再也不会回头了，别害人家了，你来！

两人正推让中，门推开，闪进一个人来。

谁呀？张金凤。

王快乐一愣，你怎么来了？

张金凤说，陈主任喊我来的！

王快乐明白了，这是一个局。

大凡请客吃饭都是局，要不怎么叫饭局呢。

看架势，今天自己肯定买不上单了，拉拉扯扯的难看，随遇而安吧。陈友高声叫着，老板，有龙虾吗？澳洲的！

王快乐一把抢过菜单，我看你就像澳洲龙虾，还是我点吧！

于是，点了四菜一汤，韭黄炒鸡蛋什么的。

陈友啧啧嘴，再来俩硬菜！

王快乐说，行了，也没别人，够了！

陈友又说，无酒不成席，拿酒来！

张金凤赶快起身出去。饭馆隔壁有个小超市，张金凤进去买了一瓶精装五粮液。

王快乐一看，怎么拿这个酒？

张金凤一下子红了脸，王警官，超市小，这就是最好的了！

王快乐哈哈大笑，不是这个酒不好，我喝不惯。

张金凤问，那你喜欢喝什么？

王快乐抓抓脑壳，我就喜欢喝玉祁双套！

玉祁双套是无锡黄酒，便宜！张金凤提着五粮液又去了超市，换了玉祁双套。眨眼挣的钱又飞了，老板娘气成茄子。

酒菜上齐，一桌饭不到六十块。当然了，是张金凤买单。

王快乐说，我知道你们要说什么，不错，我认识工商城建，但认识归认识，守法归守法。我啊，邪门儿，吃人家嘴硬，拿人家照管。嘴一抹，皮鞋作坊还是要拆！

说是这样说，刀子嘴豆腐心，王快乐跑前跑后，到底为张金凤跑下一间福利院的房子，没有租金，条件就是带两个脚有点儿残疾的徒弟。张金凤高兴得直哭。

这天晚上，陈友哼哧哼哧地扛了一个箱子来警务室，笑嘻嘻地打开。

好家伙，一箱子玉祁双套！

王快乐当时就傻了，你给我这么多酒干什么？

陈友说，你不是说喜欢喝这个吗？

王快乐说，你真脑残啊，我那不是想为金凤省两个钱嘛！

七十三、一招治富

眼看过春节了，居委会主任说，社区有21家特困户，咱们几个委员给他们捐点儿钱吧。

王快乐说，算我才六个人，浑身是铁能打几颗钉？还是发动群众。

主任说，没人捐多难看？王快乐说，事在人为！

话虽这样说，他心里也打鼓。捐肯定有人捐，问题是能捐多少？仨瓜俩枣救不了急。这事儿，光靠贴告示不行，还得出招儿。

王快乐整理了一份材料，简要说明了这些人家的困难，然后复印了七十多份。干吗呀？这几十户趁钱，这部长，那局长；这大款，那土豪；你开兰博基尼，我开劳斯莱斯，叫他别往草坪上开，他偏往草坪上开，个个牛皮哄哄。好吧，现在创造机会，让他们比比看谁牛。

王快乐挨家敲门。什么事？社区为特困户捐款献爱心，诚请您参加！噢，什么时间？腊月二十六上午，锣鼓为号！好嘞！

户户材料送到，个个答应参加。

然后，又到派出所跟所长说，所长笑了，找托儿来啦！得，到时候我发动民警都去献爱心。

王快乐的鸭梨脸一下子大了。

转眼到了捐款日，忽然刮起大风。王快乐的心揪起来，天不助也！怎么办？告示贴了，材料发了，一切都准备好了。干不干？……干！

他一声令下，拉起横幅，摆上桌子，放好捐款箱。紧跟着，锣鼓家什敲起来，咚咚锵！咚咚锵！

嗬，社区一下子热闹起来，人们喜大普奔顶风冒雪前来。王快乐带头捐了五百块，居委会委员们紧跟着，你一百，我二百。所长带着民警们赶来，排起队就往捐款箱里塞。这场面感动了居民，你拥我挤，纷纷出手。有的老太太把准备上街买菜的钱都捐了，又回家去拿。

这时候，王快乐看见他通知的几十户人家也陆续赶来，心里一阵高兴，谁说为富不仁，这不都来了吗？没等他高兴够，脸就成冻梨了。咋啦？这帮富人，有的往捐款箱里塞了五块，有的塞了十块，塞完扭头就走，连买菜的老太太都不如！王快乐气得鼻子冒火耳朵生烟。可话说回来，捐不捐，捐多少，全凭自愿，又不是去商场买电视，少一块也别抱走。唉，原指望这些人能多捐一些，想不到竹篮打水。照这样下去，捐不了多少钱啊……

王快乐怒吼一声，捐了款的谁也别走！

大家吓得一哆嗦，停下脚来，大眼瞪二眼。

王快乐瞬间换了笑脸，我代表居委会，感谢各位好人前来献爱心！为了保证把捐款如数送出，一分不留，现在当场登记清点，请各位捐款人报上捐款数额，由小吴抄写在大红纸上，张榜公布！

协警小吴大声回答，坚决完成任务！

答毕，取出一张大红纸，贴在公示栏上，请各位报数——

得，一招治富！

款爷们丢不起这个人，纷纷掏出大票儿。

你多，我更多，看谁牛！

七十四、消毒柜

晚上，王快乐来警务室值班。一开灯，不亮！哎，昨天还好好的。灯泡坏了？换一个。还不亮。

这时，董老头儿过来说，消毒柜把电线剪了！

王快乐一愣，谁？董老头儿说，大名不知道，都叫他消毒柜。他说派出所不该用企业的电，我给消消毒！上去就给剪了。这算不算袭警啊？

王快乐笑了，没那么严重。噢，我想起来了，是肖师傅。

警务室的电线是从隔壁农机厂拉过来的，离得近嘛，当时图省事，厂长主动提出来，让电工肖多贵帮着拉的。肖多贵外号消毒柜，爱管闲事。天生大嗓门儿，用不着喇叭，张口就“消消毒”。两天前，他来找王快乐，要把外孙的户口从乡下迁来。王快乐说，户籍有政策，孙子可以，外孙不行。肖多贵扭头就走。现在，这“电老虎”回过头来咬一口，怎么办？找厂长吧，厂长肯定要骂他，梁子就结下了。他虽然“公报私仇”，但“消毒”有理，警务室的确不该用工厂的电。

于是，王快乐通知供电局重新布电。

摸黑两天后，警务室又亮了。

这天，媒体来社区采访王快乐，肖多贵放开大喇叭嗓儿，好什么好？假的！

王快乐鸭梨脸都青了。

肖多贵来了劲，我给消消毒！你们看，化粪池堵了他管没有？储水箱漏了他管没有？

一个女记者问王快乐，这人是不是精神病呀？说的都是物业管理的事！王快乐笑了，他说得对！我要把这些转告物管，督促他们做好。

“砸场子”过后，王快乐见了肖多贵，仍旧打老远就招呼，肖师傅，买菜去呀？肖师傅，吃了没有？

肖多贵要么装听不见，要么像见了大苍蝇。

可是，有一天，他却主动来找王快乐，脸都气歪了。原来儿媳妇为琐事打了他老伴儿，他上去说理，儿子却翻了脸，说再啰唆，把你们两个老东西都收拾了！

肖多贵又气又怕，王警官，你把这两个不孝的东西弄到派出所去吧，哪天真出人命就晚了！

王快乐好言安抚后，又跑到他儿子家做工作。最终，儿子媳妇买了水果给父母认错道歉，一家人重归于好，拉着王快乐去吃团圆饭。

席间，肖多贵眼泪汪汪地说，王警官，我也给自己消消毒吧，我有很多对不起你的地方，你大人不记小人过。

王快乐说，快别这样说，您快人快语，社区需要您这样爱管闲事的人。我诚请您业余参加“夕阳红”义务巡逻队，多多消毒，共同管理好社区。肖多贵说，好啊好！

肖多贵成了社区正能量，得罪人的事总是冲在前面。一听消毒柜来了，歪风邪气立马散。

社区要建化粪池，有人不干，说化粪池不能弄在他家这儿。肖多贵就吼起来，你们家不拉屎啊？化粪池闷在地下怕什么！

人家吓着了，得，收声吧，再让他给消了毒！

七十五、十分感动，然后拒绝

“十动然拒”，这个本意幽默的“网络成语”，却让王快乐感受到刻骨铭心的痛。

事情要从认识何荣说起。王快乐来到社区第一天，就四下打听谁是困难户。阎老太太说，别人一来耶，都打听谁是当官的，谁家有钱。王警官跟他们不同，他是穷帮穷！

经过了解，惠山皮鞋厂工人何荣家最困难。他本人有心脏病不说，还患了类风湿，手脚肿大变形，鞋都穿不了，一年四季拖个拖鞋。工厂让他回家休息，每月给 300 块钱。妻子半哑，儿子智障，家庭濒临绝境。王快乐跑上跑下求人看白眼儿，终于给他妻子找了一份打扫卫生的活儿，又把他儿子介绍到民政福利印刷厂。然后，想办法为他筹钱看病。

可是，何荣的病越来越重。他躺在床上，看见王快乐为他里出外进，眼泪像掉线的珠子，王警官，求你别为我忙了，我的病不会好了，活不了几天了。你对我们家的帮助，我没有能力回报了。我只能对人说，你是个好人！

王快乐握着他冰凉的手说，你的病会好，家里的日子也会好。

王快乐找到鞋厂，跟厂长说，我知道厂里很照顾何荣，为他买了养老保险。我想跟你商量商量，这个保险能不能先停掉，把买保险的钱拿来给他活命？他恐怕活不到六十岁。如果能活到，我们大家再想办法，把花的钱再补齐，行吗？求求你了！

厂长抹抹脸上的油，啊呦，你这样关心他，我十分感动。可厂里没这个先例啊，办不了！

王快乐又跑到街道办事处，跟主任说，请街道把何荣送医院去救救他吧，不能眼看着他死在家里啊！有街道出面，医院会收下的，然后我们再想办法找钱。

主任抹抹头上的油，啊呦，你这样关心他，我十分感动。可他这是老病了，用不着送医院。等会儿，叫街道医生去看看。

晚上，办事处主任来电话，王警官，医生去看过了，都正常，你放心吧！

可是，王快乐不放心，一晚上没睡。第二天一大早，他爬起来就要去医院求院长，没想到刚出一门，董老头儿就迎上来，王警官，何荣断气了！

啊？王快乐一下子蒙了，跑到何荣家一看，眼泪就下来了。天不亮，何荣就去世了。到现在都七点多了，尸体还躺在床上。老婆儿子站在床边，光哭不说话。

王快乐问，大嫂，昨晚上街道医生来过吗？

何荣的老婆摇摇头。

混蛋王八蛋！王快乐咬紧了牙，恨不得马上跑出去踢死那个鬼东西。可是，他不能走，何荣还陈尸在床。

这时，左邻右舍都来了。王快乐说，各位乡亲，何荣走得突然，家里又是这样，大家帮帮忙吧！说完，把身上带的钱全都掏了出来。邻居们，你一百，我二百，把何荣的后事办了。

看着何荣的遗像，王快乐哭成泪人，何荣，我对不起你，你才五十出头就走了。我恨自己为什么会信他们的！要是早点儿送你去医院，也许还有救……

七十六、救急

王快乐被评为区劳模，办公厅通知他，区长明天来慰问，发红包以资鼓励。通知还说，区长同时慰问特困家庭，因为忙，只能慰问一家，请居委会落实。居委会小范围征求意见，王快乐立刻想到老工人何荣家。何荣刚去世，何大妈愁得天天哭。居委会同意王快乐的提议，通知何大妈在家等慰问。

第二天，等了一上午，区长也没来。何大妈要去打扫卫生，王快乐说，再等等，说不定您前脚走区长后脚就来了。何大妈点点头，满怀希望继续等。一直等到下午五点多，区长终于来了。好家伙，陪同的，摄像的，电台的，报社的，前呼后拥，乌乌泱泱。先到警务室慰问王快乐，送上红包一万元。

区长问王快乐，社区常住人口十几万，老百姓都认识你，你的见警率和知晓率这么高，有什么绝招？说出来我也学学。

王快乐笑了，绝招不绝。如果当个社区民警，老百姓连你都不认识，还服什么务？反过来，如果你是这个社区的居民，周日刚见过民警摆摊儿宣传治安；周一上班，又看见民警站在社区门口张望；你来到班上，又接到民警一条防诈骗短信；你在外忙了一天，刚回社区就被民警拦住，拿出一张“安全防范体检表”请你填；晚上你吃完饭出来散步，民警又带着“夕阳红”老年巡逻队从你眼前经过；就算你没碰上巡逻队，夜里保安又拎着一个话筒对你喊，说民警提醒你关好门窗；也许，这天晚上你为琐事跟老婆吵了一架，得，老婆又打电话把民警找来，跟你来个面对面！如果每个社区民警都这样做，老百姓还能不认识他吗？他都快把人家逼疯了！是不？

区长听得目瞪口呆，半天才说，是是是，要不老百姓选你当劳模呢！

这时，秘书凑上来小声说，区长，都六点了……

区长说，噢，噢，我们快去慰问困难户！

何大妈住在破旧的简易楼里，王快乐领着一行人进屋后，区长跟何大妈寒暄几句，就从陪同人员手里拿过礼物递给她。闪光灯啪啪啪打机枪，记者争先恐后抢头条。

王快乐不管这些，睁大两眼看礼物，区长都给什么呀？只见：一瓶色拉油，一袋大米。

啊？没有红包吗？

没有红包。

就这些，没了。

王快乐差点儿叫起来，怎么没红包？打了这么大雷，刮了这么大风，就下了这么点儿雨！撑死不到二百块，能解决什么？还叫人家等了一天！

他把协警小吴拉过来，一阵咬耳朵。快去！

故事说到这儿，你可能都猜到了。没错！小吴去警务室把慰问金拿来，悄悄给了王快乐。

这时，相照完了，话说完了，区长转身刚要走，手里忽然被塞了一样东西，耳边飞来蚊子叫，把这个给何大妈！

区长都蒙了，噢，噢，大妈，这个，给你……

七十七、偷牛的跑了逮住拔桩的

社区有一排附属房，开发商售楼时说是共有财产，供居民休闲娱乐。可是，等楼售完了，他们却把房子租出去，租金一收跑路了。居民很生气，后果很严重，转而迁怒于物业公司，说收不回房子，就不交物业费。带头的金老太德高望重，一呼百应，急坏了杨经理。他气急败坏跑到警务室，王警官，偷牛的跑了逮住拔桩的，我冤枉啊！收不到钱，保安保洁就要走，我这戏没法儿唱了，求你救救场啊！

王快乐一听是金老太，头就大了。第一次做家访时，她家里围了一堆老妇女正在挑松子，金老太斜他一眼，说你们收电费的还发这种衣服穿啊！王快乐说，我不是收电费的。为打破尴尬，他笑成牡丹花，大妈，你们在吃松子啊！金老太白他一眼，你什么眼神儿啊，这是棉花籽！老妇女们哈哈哈笑翻肚皮，王快乐鸭梨脸红到脖后根儿……

现在，又是金老太！他摇摇头说，我也是她的手下败将啊！

杨经理脖子一软，我只有半个月的活头儿了！

十天后，金老太正在家里呼风唤雨，坚持！顶住！房子不收回，一分钱不给！忽听门铃响，她放下电话，一开门，一位画着油彩脸儿的“古人”，唱着戏词，迈着台步，晃晃悠悠摇了进来，腰里别着的录放机发出板胡、唢呐合鸣共响的伴奏曲，来者放开嗓音——

“拜花烛洞房逢佳期，一阵含羞一阵喜，喜的是梨花美貌世间少，丁山娶得是天仙妻……”

哇！这是金老太最痴迷的锡剧《三请樊梨花》，也是她唱得最出彩的段子。她奋不顾身追上去，手舞足蹈跟着唱起来——

“羞的是寒江关前落了马，纵投黄河愧难洗。自从盘古分天地，哪有个堂堂男子不如妻。人逢花烛添喜气，我入洞房把啊头哦低……”

两人对唱投入，醉如饮酒。唱罢，来者油彩脸一抹，露出大鸭梨。

金老太又惊又喜，王警官，想不到你锡剧唱得这么好！

王快乐双手抱拳，在下班门弄斧，还请金老师多多指教。无锡曲道之盛，自明已然。雪浪银涛，吴歌互唱，迎风啸傲，天地清气，船过梁溪莫唱曲啊！

说着，又从锡剧的起源谈及太湖山水养育的一代又一代戏曲精英。

金老太一听，啊，王警官不但唱得好，还懂这么多，这回可找到知音了！

王快乐投其所好，连说唱带比画，把这十天利用业余时间在区锡剧团恶补的玩意儿全卖了。说着，引入了正题，金老太，我还准备春节的时候，在社区办个锡剧演唱会呢，由您带头儿，爱唱的都上！

金老太拍手叫好。

王快乐说，可是，咱得需要物业搭戏台，保安维持秩序，保洁打扫卫生啊！

金老太明白了，说那房子咋办？

王快乐说，你容我时间去跑，咱们占理，总会跑下来！

金老太说，好，一言为定！我号召大家交物业费，你去跑房子。快着点儿啊，我们还等你一起排练呢！

七十八、你们走得了吗

王超原来是开出租的，嘴边常挂大实话，客人上车我安全驾驶，客人下车我去向不明。可不嘛，客人下车了，他就到处瞎开，找活儿。这天上来个醉鬼，王超给他送到地方，非说绕路了，两人就吵起来。不料，这厮是"官二代"。公司经理接到上司来电，不分盐咸醋酸臭骂王超一顿。王超一扒工作服，老子不伺候了！车是自己的，招牌一摘，开回家了。丢了工作，吃什么啊，只好开黑车。可是，邻居有个大事小情，他出车从不收钱，大伙儿都说他好。王快乐跑前跑后，又为他找了另一家出租车公司，王超激动得嘴都笨了。

临上班头一天，他开车送姑妈去机场，完事刚要返程，来了两个人，一高一矮，要坐他的车。

王超说，你们去打的吧！

高个儿说，队排得长城拐弯儿，我们有急事，求您捎上吧。

王超问，去哪儿啊？

矮个儿说，惠山幸福社区。

嘿，要搁平时，顺路回家又挣钱，瞌睡来了碰枕头！可眼下不同，明天就要上班了，万一被稽查逮住就划不来了。

他就说，行，我就住幸福社区，顺路，不要你们钱！

两个人就上了车。

一路顺风，来到社区。高个儿说，坐了这么远，不给钱像话吗？

王超说，嗨，不用。

高个儿死缠烂打。王超说好吧，就收了钱。

忽见小个儿在一旁照相。王超说，还合影留念？

高个儿突然变了脸，美死你！这叫取证！

说罢，掏出一个蓝本，稽查！

王超一看就傻了。

小个儿一脸坏笑，胆儿不小啊，开黑车往机场送客人，完了还接着拉！

王超说，那是我姑妈！

高个儿说，什么姑妈姑爹，甭跟这儿装大尾巴鹰！老实接受处罚：暂扣车辆，罚款两万！

王超吼起来，你大爷！

高个儿叫，你敢骂人！

这一吼一叫不要紧，社区百姓呼啦啦围上来。王超扯脖筋把经过一讲，惹起众怒。明白的叫，钓鱼执法，知法犯法！不明白的叫，我早就想揍城管一顿了！一时间，人越围越多。挥拳头的，揪扯的。

王快乐闻讯赶来，大吼一声，有你们这样执法的吗？走，跟我到警务室去做笔录！

吼罢，拽住一高一矮就往警务室走。

进了屋，门一关，两个人活过来了，指着王快乐说，你身为警察阻碍执法，我们告你去！

王快乐笑了，好啊，去告吧。他往门外一指，你们走得了吗？

只见上百人堵住门嗷嗷直叫，两个人顿时软了脖梗。

王快乐说，什么叫寡不敌众？兄弟，宜顺不宜激，宜解不宜结。再说，你们钓鱼执法也太小儿科了，下回别这么做了！

高个儿说，是，是，我们不对。

小个儿说，我们……走不了怎么办？

王快乐说，你们听！

话音未落，呜呜呜！警笛大作。

王快乐笑道，这是派出所的警车，两位先受点儿委屈，半道儿再下车吧。

老百姓一看警车来了，就闪开一条道儿。

王快乐说，大伙儿都散了吧，相信派出所会处理他们！

老百姓这才散了，边说着解气的话。

七十九、生面孔

晚上，王快乐正在社区巡逻，突然发现一个生面孔，你是哪儿的？

生面孔说，我就是这儿的！

王快乐一瞪眼，我怎么没见过你？拿身份证来！

生面孔说，我刚从山上下来，还没办。

当地土话管监狱叫山上。王快乐立刻警惕起来，走，跟我到警务室登记。

生面孔横起来，凭什么？

王快乐上去就拖，走！

生面孔急了，再拖我就动手了！

王快乐音高八度，好啊，你敢动手，我就再把你送山上去！

就这样，两个人认识了。这人叫王黑，是练家子，原住无锡东站那边，号称东站庄主。父亲过世，母亲健在。三年前为帮小兄弟出气，打伤人“上了山”。出来后，反感片儿警天天谈话，也反感邻居白眼，就带着母亲租住到惠山。人不坏，就是名声不好。

这天，王快乐换上便装，冒雨来到他家。

王黑问，是不是快过节了，要找不安定因素谈话？

王快乐笑成弥勒，我今天不是警察，也不说警察的事，来跟你交个朋友！

正说着，协警小吴扛着东西来了，有米、油，还有两大条肉。离老远就喊，小黑，来接一下，这是王警官给你的！

王黑愣住了。家里生活很困难，他妈妈常去市场捡肉皮，拿回来当肉吃。

王快乐说，今天我休息，大家一起吃个饭。来，把肉切了，把饭煮上！

不一会儿，几个人香香地吃上了。

王快乐边吃边对王黑说，我想给你找个工作，怎么样？

王黑说，谁敢要我？

王快乐说，我试试。

王黑说，咱们打个赌，你输了就请东站的弟兄们吃个饭。

王快乐说，好！

王黑说，你牛吹大了。我能叫来一百人，你请得起吗？

王快乐笑了，你怎么知道我会输？要是你输怎么办？

王黑说，我输了，你喊我做啥就做啥。

王快乐把饭一放，要的就是你这句话！

王黑说，你还是准备好一百人的饭吧！

第二天，王快乐找到刚开张的空调机厂。

厂长说，哪个不认识他？东站老大！你这不是要我老命吗？

王快乐说，他人长得黑，心不黑。因为没工作才瞎混。你先收下，如果犯了事，就找我。我立下字据，天大的事由我承担！

厂长说，唉，办厂离得了公安吗？我答应了。

王快乐得寸进尺，他还有个妈，很能吃苦，你也收下吧，打扫个卫生什么的，还能帮你盯着他。

厂长说，你卖葱还搭蒜？

王快乐笑了，葱蒜不分家。没搭一车南瓜你就乐吧！

厂长说，我真服你了！

猛地听到喜讯，娘俩掉了泪。

王黑说，王警官，往后看我的吧！

后来，王黑不但干活儿棒，还跟王快乐一起抓了贼。那贼半夜偷电动车，也怪了，好撬的不撬，拣了一辆前后上了三把锁的撬。王黑冲上去要练，被王快乐按住，等他都撬完了！想不到，这贼撬完了，一甩手，走啦。当然，他没走了，被王黑练趴下了。

王快乐问他，你撬了锁怎么不推车？

贼答，我只想正告车主，别说锁三把锁，就是十把也没用！

王黑踹他一脚，你他妈吃饱了撑的！

八十、恭喜你答对了

有人问王快乐，你每天忙忙碌碌的，你是干吗的？

王快乐说，你没看见我穿着警服吗？

看见了，警察也分好几路呢！你是……

王快乐伸手比个“八”字。

啊？你是八路？

王快乐笑了，不，八个字：社区片警，守护百姓。

为了“守护”二字，王快乐每天有忙不完的事儿，没事儿还找事儿做呢，这个，那个。这都不说，有时还会接到110指挥中心转来的报警。接警后，放下手里的活儿就疯跑。干吗呀？赶赴现场，处置紧急或危险情况。

这天早上，王快乐刚要吃早点，指挥中心忽然打来电话，说幸福社区有人报警。他问清楼号，戴上头盔，跨上摩托。

呜呜呜！威风凛凛！

来到楼下，上楼敲门。半天，没动静。再敲，还没动静。他急了，担心报警人发生意外。情急时刻，只好亮出祖传无敌蹬踹功了。他退后一步，高抬大脚，刚要发力，门突然开了。

王快乐急收高足，差一点儿闪了腰。

开门的是一个姑娘，二十来岁，唇红齿白，面无惊色。见王快乐站立不稳，哈哈哈，笑了起来。

王快乐好生奇怪，这是五楼十四号吗？

姑娘说，没有错！

王快乐又问，是你报的警吗？

姑娘又说，没有错！

王快乐眨眨眼，你报警需要什么帮助？

姑娘说，我肚子饿了。

啊？王快乐都听傻了，你就是为这个报警？

姑娘很淡定，是的，有困难找警察耶！

王快乐被她说乐了，你可以自己做饭啊！

我不会。

你可以出去吃啊！

饿得走不动。

你泡方便面啊？

那是垃圾食品。

你叫外卖呀？楼下就有麦当劳。

我不吃油炸的。

哎，还有小摊儿啊，我给你买一碗馄饨好不好？

你买来我也不吃。

为什么？

小摊儿用的是地沟油，吃了要得癌症！

得，被她这样一说，王快乐都没词儿啦——

那你说怎么办？不会是想让我做吧！

恭喜你答对了！姑娘说，我就是想让你做！冰箱里有面条，还有白菜、鸡蛋，你给我做一碗面吧！

王快乐抓抓脑壳，给人当大厨还头一次。好，我给你做！

他煮了一碗白菜鸡蛋面，饿得直咽口水。端给姑娘一吃，说咸了。王快乐说，我手重，你凑合吃吧！

趁她吃着，王快乐有意拉家常。原来，姑娘是单亲家庭，跟母亲过。现在母亲出门了，就她自己宅在家，除了会吃，别的都不会。王快乐不死心，转弯抹角，又了解到她跟母亲的一个朋友宋阿姨关系好，就要了宋的电话。临走时，问还有事吗？

姑娘说，还有！

王快乐问，什么事？

中午肚子还会饿。

王快乐说，拜托你别再打110了，警力吃不消啊。我会为你想办法！

出门后，王快乐很快联系上宋阿姨。天助鸭梨脸，宋阿姨刚从宜兴回来，答应马上去照顾女孩儿，多谢你啊，王警官！

王快乐说不用谢，如果你给她煮面，一定要少放盐！

八十一、天使

这天，社区忽然来了不速之客。

谁呀？一群鸽子。

附近拆迁，不知谁家鸽笼没关好，鸽子逃了出来，流浪到此。老人和孩子都很高兴，纷纷拿出粮食。居民们高兴的事，少不了王快乐。

董老头儿养过鸽子，说不能什么都喂，鸟市有配好的鸽粮。

王快乐说，我去买！

便装来到鸟市，果然有鸽粮。一问，不便宜。能便宜点儿吗？我喂流浪鸽。

卖主说，哪有流浪鸽啊，我的老大爷。

王快乐笑了，我长得有那么着急吗？就把事情讲给他听。

哦，您这是善举啊！得，给您便宜点儿！

王快乐一口气买回三大袋。董老头儿一拎，差分量呢！

一称，一袋少二斤。

找他去！

哈哈哈，算了。

一天中午，王快乐看见有一只鸽子吃食老甩头，吃一粒，一甩，又掉了。董老头儿说，哎哟，得了甩头疯。好不了，逮住摔死吧！

啊？王快乐叫起来，不行，我要救它！

鸽子瘦得一小团儿，王快乐说，你别怕，我是来救你的。鸽子听懂了，趴地上不动。王快乐捧回到警务室，正琢磨地方，董老头儿提个大鸟笼跟进来，咋样？以前我养鸟用的。

王快乐一看就乐了，鸟笼养鸽子，病房兼餐厅！

鸽子蹦进去，伸伸脖子，扇扇翅膀，咕咕咕！

王快乐说，你头上有小黑毛，就叫点点吧。

咕咕咕！点点吃起食来，嘴巴敲瓷碗。啄住，掉了。再啄，再掉。它把进餐当工作，叮叮当，叮叮当。

天黑了，王快乐担心凉，找来一块毯子，把鸟笼盖起。咱们睡觉了，好吗？点点答应着，咕咕咕！过了一会儿，没声音了。王快乐掀起毯子，偷偷往里看。点点卧在鸟笼里，闭上了眼睛。

心满意足的，像个孩子。

早晨，王快乐第一件事就是掀开毯子。叮叮当，点点又开始工作了。有时候，它会突然侧过脸，一动不动地看着王快乐，好像有话。王快乐说，点点，你会好起来。如果你不好，我就一直养着你！

苍天怜悯弱小，点点啄食准多了。

董老头儿一看，有门儿，你没白坚持！

王快乐说，是点点坚持！

终于有一天，点点展开翅膀使劲儿扇。

董老头儿说，它想飞啦！

王快乐举着鸟笼出了门，老人和孩子都围过来。他把鸟笼放在地上，打开门儿。点点走出来，没飞，围着鸟笼小心地走。

王快乐很担心，关的时间长了，它不会飞了吧？

董老头儿说，你太小看它了！

话音没落，点点呼啦啦飞起来，箭一样斜射出去，在半空划出一个难忘的弧形，又飞回王快乐的头顶。一圈儿，又一圈儿，盘旋着，不离开。

董老头儿说，这鸽子，真仁义！

王快乐的眼睛湿润了。

叮叮当，叮叮当，多少个日夜，你不屈不挠。

叮叮当，叮叮当，多少个日夜，我不弃不离。

我们坚信，我们坚守，为的就是这一天啊！

王快乐仰起头来，跟点点告别，点点，你飞吧，你……飞！

八十二、气死卖糖的

又到了吃瓜季节，社区旁的集市摆满了瓜摊儿。卖瓜的扯起脖筋儿斗开嗓，叫卖声如几家合唱同时开场。这个喊，咬一口甜掉牙！那个吼，不沙不甜，我喝西北风过年！还有更邪的，快来买啊，小日本儿又地震啦！

董老头儿辗转瓜摊儿，震聋耳朵看花眼，不知买哪家的好。

一个秃顶的卖瓜人拦住他，手往自己头上一指，老哥，别光盯着地上看，您往我头上看！

董老头儿还以为他头上顶着瓜呢，急忙看上去。嗨，光秃秃，皱巴巴，还鼓了两个包。

卖瓜人一拍脑壳，您瞧着难看吧，那是叫风吹日晒雨淋的！为什么？为的种瓜呀！老哥，我正经是个瓜农，卖的都是自家种的瓜，知根知底儿。不像那些瓜贩子，收人家的瓜倒手卖，他们懂什么生熟，买了准上当！我这瓜，从小到大都是挨个儿伺候的，跟孩子一样，都有了感情。您不买，我还舍不得卖呢！

董老头儿一听，得，我也走累了，别人的不买了，就买你的！你知生熟，给我挑一个！

卖瓜的说，您信得过，我就上手！说着，挑了一个大的，上秤一称，您给二十五！

董老头儿说，太大了！

卖瓜的说，吃大不吃小。

董老头儿说，人少吃不完，旁边那个小点儿的怎么样？

卖瓜的拿起董老头儿指的瓜，一拍，得，就它吧！又一称，抹零留整儿，您给二十块！

董老头儿边掏钱边问这瓜行吗？

卖瓜的说拿回去吃吧，气死卖糖的！

董老头儿满心欢喜抱回家，当着串门儿的亲戚一切两半儿。没气死卖糖的，自己差点儿气死。怎么啦？白籽白瓤儿大生瓜！不行，找他退去！

腾腾腾，赶回集市。卖瓜的说瓜是董老头儿自己挑的，不给退。

董老头儿急了，你不说气死卖糖的我怎么会买？

卖瓜的说给你大的你不要！两人越吵越较劲。

董老头儿火起，喊出当地方言——

阿要弄只尼光你搭搭？

卖瓜的是北方人，哪儿听得懂吴侬软语，什么搭不搭的？你说什么哪？

这时，人群中发出笑声，哈哈哈！大家一看，是王快乐闻讯赶来了。王快乐对卖瓜的说，董大爷在跟你商量，要不要打你一耳光？

卖瓜的扑哧笑了，还有商量这个的？要打就来吧！

王快乐说，嗨，为这点儿小事不值得打。我都听清楚了，双方都有理也都有错。现在，瓜已经切开，想合也合不上了。退了，卖瓜的损失；不退，买瓜的吃亏。你们看，这样怎么样？瓜再生，也比白水甜。你们俩一人一半；钱呢，卖瓜的退给买瓜的十块。如何？

买卖双方都说好。

第二天，社区居民发现王快乐在宣传窗里贴了一张大红纸，都挤上去看。董老头儿干脆念出了声——

甜甜蜜蜜过日子，开开心心选西瓜：

1. 看色。表面光滑，花纹清晰，底儿发黄，是熟瓜。2. 听声。手指弹瓜，嘭嘭嘭，是熟瓜。当当当，还没熟。扑扑扑，熟过头。3. 手掂。空飘是熟瓜，下沉是生瓜……

八十三、他说

胡大叔新买的自行车在集市上丢了，他很冒火。找到王快乐说，要是抓到这个贼，你不送他坐牢，我就打死他，我去坐牢！

王快乐说，我跟你一起去坐，行不？

事有凑巧。两天后，不容王尔摩斯探案，洛社警方来电，说抓到一个偷车贼，承认在幸福社区集市偷了一辆新自行车，让派出所来领。这真是，瞌睡来了碰着枕头，王快乐脚底抹油。

可是，来到洛社一看，傻了。

偷车的是个孩子。破衣裳烂鞋，难怪被抓。

王快乐连人带车领回派出所，迎面碰上怒目金刚，胡大叔一早就闻讯赶来。所长一看是个孩子，也皱起眉头。

胡大叔说，孩子怎么啦？小贼大贼都是贼，是贼就得办！你们不办，我办！

王快乐说，行，听您的。我先介绍下案情，这儿有一份洛社派出所民警小吴写的材料，我给您念念——

偷车的孩子，小名儿叫安安。14岁，贵州人。

他说：警察叔叔，我知道错了，再也不敢了。

我没有爸，没有妈，没有朋友，没有同学，没有上过学，连字都不认得。

我今年三月扒货车来到无锡打工，一个人过得很苦。为什么别的孩子有家回，有学上，有父母爱，我什么都没有？

我只是很喜欢这辆自行车，可是我知道我买不起。

他说：我也害怕过，紧张过。我知道这样做是不对的，但我就是不甘心。

我从小跟外婆在贵州农村长大，种田，砍柴，养鸡，喂猪。到了这里，才知道外面的世界这么好。

可是，我什么都不会，没有手艺，又没有成年，没有哪家肯用我，只能东打工西打工，吃了早上没晚上。

他说：我不是这个世界的人，每天拖着身子回到地下室。繁华热闹只能让我觉得孤独可怜。

我走在街上，人们都躲着我，没人理我，更没人关心我。

我像一只小蚂蚁在地上爬。

他说：叔叔，你是第一个说要送我回家的人，是我到这个城市后对我最好的人。

我早就想过，打工攒足路费就回家。我想我外婆了。我回去了，会安安心心待在家。外婆年纪大了，我再也不离开她了。

他最后说：警察叔叔，再见！我给你们添麻烦了，对不起。

小吴后记：同志，在我们过着衣食无忧的生活背后，有多少双眼睛渴望得到关爱和帮助，他们行走于城市的边缘，忍受着我们难以想象的艰辛。长期的心理失衡，可能会使他们走上违法犯罪的道路。如果我们能及时给他们关爱，给他们希望，也许就能挽救一颗迷失的心。同志，你们把安安领走了，我希望，你们能善待他，教育后送他回家。这是我和所里其他民警送给他的路费和生活费……

王快乐念不下去了。

因为，他看不清眼前的字。

因为，小安安已哭成泪人。

所长大声喊，胡大叔，您怎么走了？您的车……

八十四、比像还像

惠山分局刚成立缉毒大队就得到线索，一个吸毒人员愿意配合警方，以买毒品的方式，捉拿毒贩大冬瓜。不过，他提出个要求，请一位警察冒充他的老板，这样大冬瓜才肯上钩。局里拿出一些警察的照片让他挑，看哪个人像。他一眼就相中了王快乐，就是他了！鸭梨脸，胖胖的，比像还像！

得，这个光荣伟大的绣球，就砸在王快乐的头上。

王快乐抓抓脑壳，谁叫我长得这么不争气，只能硬着头皮上了。不过，我是大姑娘上轿头一回，可别演瞎了。

大队长说，其实也没那么高大上，你能！要领是，你一拿到毒品就发信号，兄弟们见信号就动手，连你一起抓起来！毒品是案件的关键证据。没有毒品，抓到人也没用。

王快乐问，我发什么信号？

大队长说，毒品一到手，你就掏出烟来发给毒贩，随手夹一支在你左耳朵上。夹烟就是信号！

王快乐领了任务回来就练夹烟。耳朵都练肿了。

这天下午，行动开始了，他跟吸毒人员来到人民医院急诊大厅。一看，兄弟们早已埋伏好了，看病的看病，排队的排队。

不多时，大冬瓜就应约前来。吸毒人员出面介绍完，王快乐装起大尾巴狼，你货带来了吗？大冬瓜说带来了。说完，就把毒品掏出来。王快乐一看，毒品装在一个烟盒里，不多不少，海洛因50克。他接过烟盒，假装看成色，看完就塞口袋里了。然后，笑眯眯地掏出一包烟，发给冬瓜，随手往自己左耳朵上夹了一支，告诉兄弟们已经拿到东西，可以动手了。

他真没白练，一整套动作干净利索又自然。

可是，信号发出后，嗨呀，没动静！

怎么回事？原来，缉毒大队刚成立，兄弟们也都是新手，也紧张，谁也没看见！

王快乐一看没动静，急了，又拿出一支烟，夹在右耳朵上，再次发出信号！兄弟们，我已经拿到毒品，你们赶快动手啊。

可是，还没动静！还没看见！

这时，大冬瓜急了，说你干吗呢？我把东西都给你了，你还不快给我钱！你来回夹香烟干吗？有毛病是怎么的？快拿钱来！

王快乐一看，烟没法儿再夹了，两个耳朵都没地方了，只好去怀里掏钱。心想，兄弟们，你们看不见我夹烟，还看不见我给钱吗？只要看见，就会猜到我交易成功，然后一拥而上。

可是，他又失算了，还是没人看见。

哎哟喂，王快乐急死了，兄弟们，你们都干什么去了？真看上病啦？

这时，大冬瓜见到钱，抓起来扭头就跑。啊？他要是跑了，我就真成买毒品的啦！王快乐什么也顾不得了，上去一把拽住大冬瓜，大声喊起来，快来人啊，抓毒贩啊！

兄弟们这才回过神儿，呼啦啦，扑上来把大冬瓜按住。

得，人抓住了，王快乐也暴露了，下回不好使了。

八十五、三星手机

惠山综合治理办公室为老院子安装了电视监控系统，这本来是好事，却愁坏物业杨经理。这活儿高大上，手下人不会伺候，请嘉宾吧，人家嫌工资低。于是有业主计算了，说每户每月交三块三，合起来就够了。大家一听都点赞，“三块三保平安！”

可是，胖姐领着两户不交，说家里没值钱的东西！杨经理很上火，怕三颗老鼠屎坏了一锅粥。王快乐劝他，你别急，我先替他们交。

这天，超市进社区展销，人头攒动，你拥我挤。胖姐正淘宝，突然，噗的一声，一口黏痰吐在她脸上，臭得睁不开眼。

谁啊？往哪儿吐啊？这儿是人脸！胖姐大怒。

刚要掏纸巾，忽觉有人动她的兜儿，一摸，哎哟，手机没了！

我的手机哪？她叫起来，有人偷机！

一着急说掉了字，吓得卖鸡的直发慌。

王快乐闻声过来，怎么回事？

胖姐急坏了，我新买的，三星的，叫贼偷啦！

王快乐说，您血压高，别着急。走，跟我去看看监控。

他把胖姐领到监控室一看，屏幕清清楚楚，一个柿子脸，先吐口痰在胖姐脸上，再趁乱偷走手机。胖姐看见手机，大叫一声伸手就去抓，王快乐飞身拦住，救下屏幕。

胖姐，你说监控管不管用？全照下来了！

胖姐说，照下来又怎么样？贼跑了！

王快乐说，柿子脸留下了，跑不了！

胖姐说，我真想咬他一口！

王快乐笑了，那还不咬下二斤？

两天后，柿子脸果然落网。

胖姐一听，啊，真的？那我的手机呢？

王快乐说，您别着急，人逮住就好办，我去反扒大队问问。

胖姐一把拉住他的手，王警官，找到找不到，我都马上去交监控费，叫上没交的两家一块儿去！

王快乐说，我一定帮你找回来！

得，话说早了。柿子脸说把手机卖给二手店了。王快乐追到二手店，女老板说，我哪儿知道是赃物啊？昨天让人买走了！

王快乐问，谁呀？

女老板说，是个女的，我没登记。

王快乐一听，这可抓瞎了。

人海茫茫，三星何觅？

正挠腮，进来一买主儿，挑好一款问，是好的吗？

女老板说，不好你摔了听响儿。你打我手机试试？

买主儿把自己的卡抽出来，插进二手机，老板，你手机多少号？女老板说了，买主儿一拨，“路边的野花你不要采”，嘿，唱上了。

女老板当然没接，直接就给按了，交钱吧！

王快乐说，等等，那个买三星的女人也试了？

女老板说，多新鲜啊，谁买二手机不试啊？

王快乐说，麻烦把你手机让我看下。

王快乐接过女老板的手机，抄下昨天所有的未接来电，回警务室后挨个儿打——

喂，我是三星公司售后服务，请问您是刚买了一款三星手机吗？使用情况如何？

一连打了二十个，都说没买。

打到第二十一个，接电话的女人兴高采烈，哈哈，我昨天刚买的，二手的，很好使啊！

得，就是她了！

对公安来说，定位找到机主，小菜一碟儿。

八十六、巧嘴

这天早上，王快乐刚进社区就遇见惊险一幕：

农民工小郑骑辆破车，把88岁的老教授庄奶奶撞倒了。

哎呀！王快乐惊叫一声，飞奔过去，跟小郑一起把老人扶起来。想不到，奇迹出现，老人的胳膊腿儿没事儿，整个一活神仙。

王快乐赶紧给她掸身上的土，一低头，傻了眼——

老人的玉镯，摔成了三截儿！

这时，老人和小郑也同时看到地上的三截儿玉。

啊！两个人只有进气儿，没了出气儿。

这是正宗的和田玉，小郑打死也赔不起啊！

王快乐喘了口大气儿，忽然转忧为喜，庄奶奶，我恭喜您啊！

庄奶奶说，我倒霉死了，镯子都摔碎了，你还恭喜我？

王快乐说，我当然要恭喜您，您看，您说话九十高寿了，像您这把年纪的老人，骨质非常疏松，摔不得！屁股往下一坐，尾巴骨就断；腰往下一蹾，胯就断；手往下一撑，腕儿就断。您呢？没事儿。这还不值得恭喜吗？您这是修得好，积了福！

庄奶奶说，对，对，对，我退下来以后，一直资助穷学生。

王快乐说，还有一点很重要，这个玉镯保佑了您！为什么人们都爱买玉戴玉，因为大家都认为玉能辟邪保平安。

庄奶奶说，对，对，对，我老伴儿也这么说。这是我80岁生日那天他为我买的。我俩同岁，他身子骨儿赶不上我！

王快乐说，您老伴儿真有眼力，不买别的，送您个玉！第一，你们夫妻恩爱。第二，他祝您平安。您看，灵验了吧，玉碎了，您没事儿，就是这玉保佑了您，宁为玉碎不为瓦全啊！第三，您这玉是好玉，正儿八经的新疆和田糖料，颜色整个儿跟红茶一样儿。这么好的玉碎了，您很心疼，我也很心疼。但是，我劝您不要心疼，因为它为你挡了灾，立了功，是大功臣！

庄奶奶说，对，对，对，是这玉救了我！

王快乐说，这么好的玉，就别说小郑买不起了，就算他买得起，再给您买个什么样儿的，都没有这个价值，更没有您老伴儿的情分。您呢，也离不开这玉。您说，对不对？

庄奶奶说，对，对，对，再买什么玉也比不上。可是……

王快乐说，庄奶奶，您要说什么我都知道，这玉为了保佑您，碎了。没关系，现如今玉器修补工艺很发达，可以用金箍儿或银箍儿，把断裂处一包，又是一个完整的镯子。您戴在手上，金镶玉，银镶玉，更漂亮，更有纪念意义！

庄奶奶的眼睛一下子亮了，啊？是吗？

王快乐说，是啊，而且还花不了多少钱，包金大说三四千，包银更便宜。

小郑抢着说，庄奶奶，我花钱给您包！

庄奶奶说，你这孩子，不要抢着说花钱，你先谢谢王警官，今天他帮你讲了多少好话啊！我呢，也表个态，原谅你了，下回你骑车多加小心。我不要你一分钱，我不差钱！

王快乐说，庄奶奶，您真好。但是，玉还是让小郑为您包吧！

八十七、她想要多少

这两天，王快乐跟镯子干上了，刚化解了庄奶奶的玉碎，又来一档子！租住在社区的打工妹丹丹骑着电动车去上班，刚到大门口，少妇刘霞骑着电动车突然从侧面拐进来，嘭的一声，两车相撞，二女失容，噼里啪啦掉下车，翻滚到警务室门前。王快乐急忙营救，一时间不知先扶谁好，多亏董老头儿过来搭了把手。

摔着没有？王快乐边扶边问。

还好，两个人都年轻，活鱼似的，挺了挺身子，没摔着！

人没摔着，可东西要了命。

什么呀？丹丹的镯子摔成一地碎玻璃。当时她就哭起来。

拐弯让直行，一看就是刘霞的错。

你赔我镯子！丹丹边哭边说。

刘霞一撇嘴，赔就赔！你多少钱买的假玩意儿？十块够不够？

丹丹马上叫起来，什么假玩意儿？我花一万六买的！

哈哈哈！你怎么不说十万六呢？

我干吗说十万六？我就是一万六买的！

你编瞎话都不会！一个打工的，能花一万六买镯子？

打工的怎么啦？我就是一万六买的！你赔！

好啊，你想敲诈我？我揍扁了你！

谁敲诈你啦？你动个手试试！

王快乐往两人中间一站，谁本事大，先揍我一顿！

丹丹又哭起来，王警官，我没敲诈她。她看不起人！我来这儿打工都八年了，这是去年给自己买的生日礼物，真的花了一万六……

王快乐问，你有发票吗？

丹丹说，丢了。买完镯子第二天钱包被小偷了，发票就夹在里边。

刘霞又笑起来，你编，你再编！你当王警官是瓜娃子？

王快乐把地上的碎镯子一块块儿捡起来，我看这样吧，镯子是真假，咱们现在就拿去做鉴定，行不？

刘霞说，去就去！我不信她买得起真的！

王快乐说，要是真的，怎么办？

刘霞说，我赔她！

不料，丹丹却说，我不去！我买的就是真的，凭什么还要做鉴定？她不赔，我就上法院告她！

王快乐笑了，好，你不去就不去。我跟刘美女去！

王快乐带着刘霞来到法院指定的宝石鉴定机构。

临进门儿，他问刘霞，你真心要做鉴定吗？

刘霞说，真心！

王快乐又说，万一结果不是你想的，你会反悔吗？

刘霞丹凤眼儿一瞪，该怎么赔就怎么赔，我认！

王快乐大拇指一伸，女汉子！

鉴定结果：翡翠冰种 A 货。按当前行市，估值二万六！

刘霞二话没说，从银行取出二万六，让王快乐转交。

晚上，王快乐找到刘霞，说我没完成任务。

刘霞一愣，她想要多少？

王快乐笑了，丹丹只留下一万四，说她自己还戴着美了一年呢！

八十八、分蛋糕

董秀花来到警务室，哭成泪人儿。

王快乐忙问，为什么事儿啊？

秀花说，我女儿妞妞被叉了！

王快乐吓一跳，谁叉的？

秀花说，车叉的。

王快乐傻了，啊？

没错。这种车叫叉车，有一对钢叉，是搬货用的。妞妞被叉这天刚好是五岁生日，让靠卖菜为生的夫妻俩悲痛欲绝。司机小吕主动报了警，交警跟救护车都来了。医生说幸好只叉破一块皮。交警说叉车不属于机动车，你们自己协商吧，不行就上法院。妞妞爸提出五万，小吕认为太多，双方就去了法院。夫妻俩都不识字，一看法院要填的一堆材料，当时就晕了。想来想去，想到王快乐。

王快乐眉头一皱，小吕也租住在本社区，冤家宜解不宜结，这事儿我得管啊。他买了个生日蛋糕来到医院，进门儿先跟大夫打听费用，大夫说连住院可能要四五千。王快乐有了数。来到病房，只见秀花夫妻都在，妞妞看到蛋糕忘了疼，爬起来就要吃。

王快乐问，妞妞，你能一口把这个蛋糕吃下去吗？

妞妞说，不能，太大了，吃下去就撑死了！

大家都笑了。

王快乐转而对夫妻俩说，要赔偿金也是同理儿，不能狮子大开口，要把蛋糕分开吃。孩子受了伤，作为父母你们要承担一半责任。为什么？因为你们没有监管好。开口就跟对方要五万不合适，法院也不会支持。

夫妻俩都点头。

妞妞爸说，那怎么也得给两万吧？

王快乐说，这还靠谱儿。

出了医院，王快乐来到事发现场。一打听，原来小吕在为一家物流公司干活儿。公司租用了社区住房当仓库，出事时妞妞正蹲在地上玩，叉车上又堆着货，所以小吕没看见。

王快乐找到小吕，上来就问，你开叉车有没有证？

小吕脸一红，我还没办，老板就雇我搬货。我急着挣钱就先干了。

王快乐又问，你开叉车有危险，前后安放警示牌了吗？

小吕说，没有，责任在我。我愿意赔，可他们要五万太多了。再说我的钱都买叉车用了，刚揽着活儿就出了事儿，也拿不出那么多钱。

王快乐笑了，那你觉得拿多少钱合适？

小吕说，万把块钱是可以的。我跟老板借，他小气，不借！

王快乐又问，公司生意如何？

小吕说，火透了！

王快乐又找到老板。老板牛眼一瞪，谁叉的找谁！关我什么事？

王快乐说，错！不但关你事，还关你大事！一，你作为公司法人，雇用无证人员开叉车，知法犯法；二，公司在生活区从事危险作业，不安放警示牌，管理不当；三，事发后公司无任何人看望伤者，视生命冷漠令人发指。走，你现在就跟我去法院！

老板一下子软了，能……不去法院吗？私了行不？

王快乐问，你打算怎么私了？

我这就带一万块去医院，行不？

你早该这样！还有，小吕跟你借钱赔人家……

我借，我借！

八十九、问谁谁答

幸福社区有不少房子是村民自己盖的。你先盖，我后盖，如果两家邻居关系好，后盖的有一堵墙就用先盖的那家。一墙两用，省了工料。

太湖边的金家和宋家就是如此。金家先盖，宋家后盖。宋家用金家一堵墙。有句戏词说得好，拆了墙是一家，不拆墙也是一家人。金宋两家和睦相处如一家。可是，最近紧张了。为什么？小孩儿的事。

金家晒的梅干菜被宋家小孩儿当玩意儿玩了，都玩碎了。金家媳妇就过来吵，宋家媳妇也回嘴。这可不得了，相吵无好言，吵到恼处要翻天，两个女人就打起来。一个把脸抓了，一个把腰蹲了，都上了医院。蹲了腰的金家媳妇看了六七千块，被抓脸的宋家媳妇花钱不多但留了疤。

金家男人毛了，说你家别靠我家墙了，墙是我的，你家自己重新起墙好了！

话说起来简单，房子早已成型，重新起墙就等于拆了重盖。

宋家男人一听，这不是世界末日吗？干脆你把我命拿走吧！

金家男人说，我要你命干吗？反正你要重新起墙，你不起，我就掀了你家房顶！

宋家男人说，你敢掀我房，我就放火烧了你家！

邻居听见，吓得赶快跑到警务室报告，王快乐饭都顾不上吃。他把两家人叫到一起，都坐在院坝里，厉声道，掀房，放火，这些都是犯罪行为，你们谁敢试试，我现在就报110！放着好好的日子不过，两家人为这么一点儿小事就翻脸，让街坊邻居怎么看？

这样一说，两家人都低下头。

过了一会儿，两家人又同时抬起头，王警官，你给评评理！

王快乐把声音调到温柔挡，好，我先提几个问题。这不是电视里的猜猜看，你们不要抢答。问到谁，谁回答。答对了就加分，不对就扣分，谁家分多谁家就有理。行不行?

两家人都点头，行!

王快乐问，当初扒旧房盖新房，金家人住谁家了?请金家媳妇回答。

金家媳妇低下头，半天才说，住宋家了。

王快乐说，好，回答正确，加十分!又问，宋家盖房时，谁家帮你忙啦?请宋家男人回答。

宋家男人低下头，半天才说，金家帮忙了。

王快乐说，好，回答正确，也加十分!又问，金家盖房时，沙石木料堆在谁家门前啦?请金家男人回答。

金家男人抓抓脑壳，堆在宋家门前啦。

王快乐说，好，回答正确，再加十分!又问，宋家盖房时，谁家给你家烧饭吃啦?请宋家媳妇回答。

宋家媳妇抓抓脑壳，金家给我家烧饭吃了。

王快乐说，好，回答正确，也加十分!……

不等他再问，两家人都说，王警官，别问啦，我们错啦!

王快乐说，这就对啦!远亲不如近邻，近邻赛过黄金。你们两家人，要永远记住对方的好，相亲相爱，就像两家的房子一样，肩靠肩，背靠背，风吹不倒，雨打不垮!

九十、求求您快报案吧

红光社区离幸福社区很远，但同属一个派出所管辖。最近，那儿的菜市场小偷很猖獗，而且是团伙作案，每天早上有车把他们拉到市场，他们混入人群，有掩护的，有下手的，有接应的。一旦得手，立刻转移下一个行窃场地。百姓为此叫苦不迭，派出所决定重拳出击。但是，即便抓了现形，小偷也会狡辩说是第一次作案，再加上一回偷的钱不多，够不上判刑，只能关几天放了。所以，侦查员要跟踪取证，密拍他们多次作案，使其被捕后无法抵赖。然而，所里侦查员有限，重复出现很容易被小偷认出，于是就要选一些生面孔配合。

鸭梨脸王快乐荣幸入选。

穿上便装，拖个拖鞋，手里拎点儿菜。王快乐的任务很简单：得到暗号后，不动声色地盯住小偷作案。当小偷得手后，他就悄悄接近被害人，提醒对方被偷了，让对方赶快去报案。如此，有被害人报案，又有行窃图像，就形成了完整的证据链。

所长对王快乐说，提醒被害人时千万要小声，不能惊动了小偷。再有，动作要快，提醒后要跟上行动小组，随小偷转移。记住没有？

王快乐说，你就放心吧！

王快乐刚走进菜市场，就得到暗号。他抬眼一看，哎哟妈耶，小偷下手了！偷的是一老头儿。老头儿只顾挑菜，一点儿没感觉。小偷得手后，转身就走。王快乐急忙凑到老头儿身边，轻轻一拍他肩头。

你干吗？

嘘——大爷，我跟您说个事儿。

老头儿疑疑惑惑地被王快乐拉到一边。

大爷，您被偷了。

啊？我被偷了？

是啊，您看看！

哎哟！我的钱包！

您小声点儿。

谁偷的？

小偷啊！

小偷呢？

跑啦！

你怎么知道的？

我刚才看到的。

啊？你刚才看到为什么不说？小偷跑了才说！你是干什么的？

我干什么您就别管了，您赶快报案吧！

不行！你跟他们是不是一伙儿的？

哎哟喂，我要跟他们是一伙儿的，干吗还让您报案啊？

你们黑吃黑呗！电视剧里就是这么演的。

大爷，您别扯远了，求求您快报案吧！

不行，我要先跟老伴儿商量商量。

说着，老头儿掏出手机。

哎哟喂，报个案还商量什么啊！您早点儿报案，我们早点儿把犯罪分子抓到，也好早点儿给您挽回损失啊！

哟，听这话儿，你好像是警察？

大爷，跟您说实话，我是警察。

啊？你是警察刚才为什么不抓小偷！

大爷，您就别问了，一言难尽，您赶快报案吧！

这时，行动小组来指令了，王警官，快撤！小偷转移了！

王快乐急得火上房，老头儿还在那儿磨叽呢，我怎么报案啊？

王快乐一把抢过他的手机，拨通110，又递给老头儿——

您就说，您在哪儿被偷的，偷了多少钱。说完您别走，警察一会儿就来找您登记。回头抓住小偷找回钱，按登记退您。您可千万别走啊！

得嘞，我不走，我等着！

听到老头儿报案了，王快乐扭头就撤。

一着急，跑掉一只鞋。

九十一、遭遇包子铺

王快乐配合侦查员取证，首战告捷。随后，他光着一只脚跳上了行动小组的破车，跟踪盗窃团伙转移到下一个行窃场地。他在车里又换了行头儿，半眯双眼，默念任务：得到暗号后，不动声色地盯住小偷作案。当小偷得手后，悄悄接近被害人，提醒对方赶快去报案。提醒时不能炸了窝，惊动小偷。

正念叨，车停了。哎哟喂，小偷们转移到包子铺了。这家包子铺卖的是无锡名吃王兴记小笼蒸包，食客蜂拥，人满为患。小偷们混入其中，伺机下手。

王快乐刚挤进去，暗号就来了：小偷已经得手，偷了一女人的手机。

到底是侦查员，比贼还贼！

王快乐赶紧盯住被偷的女人，寻找搭话机会。这女人，三十出头，胖得肉堆起来，看打扮像上班族。这时候，轮到她了，好家伙，买了二斤，还全是肉的。店员打了大包递出来，她接过来扭身就往门外挤。王快乐急忙跟上，一拍她肩头。

肉太厚，没反应。

王快乐只好凑上去，小声说，妹妹，你手机被偷了。

还是没反应。一看，哎哟喂，难怪，耳朵前边儿的赘肉把耳朵眼儿全堵上了。

王快乐放大嗓音，妹妹，你手机被偷了！

胖女人这回听见了，回头瞅了王快乐一眼，你说什么呢？我手机拴着绳儿呢，不会被偷！

王快乐说，绳儿被小偷剪断了，不信你摸摸！

胖女人也不去摸，死羊眼瞪着王快乐，你起开，别挡着我！

说完，她就往旁边闪。当时，周围人很多，王快乐怕声音再大，引起围观被小偷发现，抢上去拽住她就往人少处走，边走边说，妹妹，你听我说，我是警察，我刚才都看到了，你的手机真被偷了！你赶快报案吧！

胖女人站住脚，报什么案，你是哪儿的警察？拿证件我看看！

到底是上班族啊，提出看证件啦。王快乐没辙，只好把证件掏出来，又不敢大张旗鼓的，将就藏在袖口里打开，小声说，妹妹，你要相信我。你看，这是我的警官证，这是我的警号……

话还没说完，胖女人突然叫起来，警察有你这样鬼鬼祟祟的吗？你快点起开，该干吗干吗去！

说完，她就要往人群里扎。王快乐一看，真扎进去就更没法儿说话了，心里一急，扑上去死死拽住她，妹妹，你别走，你听我说……

胖女人突然大叫起来，抢劫啊！有人抢劫啊！

这一喊可不得了，惊动了小偷不说，买包子的人们呼啦一下子全都围过来。有机灵的人扯起脖子叫，打 110！快打 110！

胖女人这才去摸兜儿，一摸，肥容更肥，哎呀！我手机没了！

这一叫，真是火上浇油，快手早打通了 110——

110 吗？王兴记包子铺有人抢手机，快来啊，人已经被抓住了！

得，一下子又扑上几个壮汉，发力扭住王快乐，你跑不了啦！

王快乐哭笑不得，可怜鸭梨脸还挨了一勾拳。

九十二、你闻闻香不香

胡老头儿孤身一人，靠卖花过日子。社区没人理他，说人有五条筋他断了两条，只剩下吃饭筋、睁眼筋和走路筋，叫他三条筋。提到他都头疼。他家徒四壁，门上却挂两个锁三轮车的大号链条锁。他不睡床上，钻破衣柜里睡。床干吗？种花。把土铺床上，再把自己拉的大便拌进土里，臭得没法儿。邻居经过他家，如果正赶上他开门，当场能熏过去。求求您把门关上好不好，胡老爷！就是这样，他每天还要报三次以上 110，说家里东西少了，被邻居偷了。邻居说，你有什么可偷的？小偷摸进你家里，不熏死也吓死。你冷不丁从衣柜里钻出来问你找谁，哪个小偷受得了？

去年夏天，胡老头儿坐公交车，急刹车时被磕破了头，去医院缝了三针。汽车公司说赔他，他要价太高，十几万，人家没法儿给。让他打官司，他不打，每天去汽车公司闹，兜儿里装着拌了大便的土，臭得人家满屋子乱窜。

半年下来，公司实在受不了，跑来求王快乐。

王快乐一听是三条筋，鸭梨脸立马变形，家访时被熏得差点儿疯了，想起来就要吐。可是，人家来求了，也只好硬头皮答应。

你们打算赔多少钱？

回答说，三千怎么样？

王快乐一咧嘴，合着一针一千！你们那么大个公司，拿得出手吗？怪不得他闹。

来人犯了难，您说多少钱合适？

王快乐说，怎么也得一万起步啊！这也没谱儿，还要跟他商量。

来人说，得，算我们倒霉，拜托您啦！

公司的人走啦，王快乐掰着脑壳愁死。从哪儿入手呢？掰来掰去，脑壳差点儿掰两半儿。有啦！胡老头儿不是爱种花吗？他喜欢什么我就凑什么。想想，这老头儿确实也可怜，没亲人，也没人关心他，邻居都盼他死，活得真难。每天都打 110，说明他心烦，想找人说说话。好吧，都不理，我理！

见王快乐前来串门儿，胡老头儿很高兴，拿出已经霉烂的橘子递给他。王快乐眉头不皱，就着屋里的臭味儿吃下去。吃完了还说真甜！

胡老头儿又递给他一个。

王快乐接过来说，胡师傅，为什么您种花种得那么好，我就种不好？特来请教！

胡老头儿一说起种花，嘴龙头关不住，种地不上粪，等于瞎胡混，种花也如是，粪臭花香啊！王警官，你闻闻床上的花，香不？

好嘛，土里刚拌了大便，能香吗？

王快乐说，香！

就这样，一来二去，王快乐跟胡老头儿混熟了。

他说，老胡，汽车的事你闹半年了，也该收了。我帮你问过法院，顶多赔五千。昨天我去公司一诈唬，他们答应给九千。见好您就收吧！

胡老头儿说，得嘞，都惊动您大驾了，让他们凑个整儿！您不知道，血流了几碗，医院看我穿得破，缝针都没给打麻药！

王快乐说，好，我再去说说，让他们赔一万！

得，妥了。

领钱那天，胡老头儿走半道儿又要回去。

王快乐以为他变卦了，您干吗去？

拿血衣！

嗨，不用了，人家认！

九十三、招猫逗狗

一般来说，招猫逗狗的都是半大孩子。可是，63岁的万老头儿也干这个。他在公交车上手闲得没事儿，撩前边一老头儿的头发。

这老头儿姓周，67岁，他厉喝万老头儿，你别乱动！

万老头儿偏动。

结果，两个人打起来。

咔嚓！周老头儿的一根肋骨被凳子硌断了。

司机一看，赶紧停车，你俩这不是没事儿找事儿吗？都给我下车！

俩老头儿下了车，周老头儿揪住万老头儿不放。王快乐正好路过，哎哟，这不是社区孤寡老人周大爷吗？周大爷，这是怎么啦？

周大爷疼得说不出话。

王快乐一看不好，赶紧带他上医院。

旁边有明白的人说，这姓万的是神经病！王快乐心里咯噔一下，这可坏了，周大爷碰上了神经病，下一步找谁赔偿啊？计算下来，怎么也得五六千块。

事后，王快乐为帮周大爷索赔，几经周折找到了万家。一看，傻眼了，这地方要拆迁，居民大都搬走了，万家还没搬。家里没别人，除了惹事儿的万老头儿蹲在墙角，还有一个八十多岁的老太太。

我是他妈，你就叫我万老太吧！老太太对王快乐说，我儿子是神经病，有执照！说着，往墙上一指。

王快乐一看，墙上贴的是医院证明。

万老太说，王警官，你算白来了，我们娘俩吃低保都不够活命的。要钱没有，要命一条！

王快乐心说，哎哟我的妈呀，今天这事儿难办了，回去怎么跟周大爷交代啊！

眼看快到中午了，这家人好像还没动静。

王快乐说，万老太，您中午吃什么啊？

万老太说，我牙都没了，只能吃煮青豆。这不是你来了吗？我还没出去买呢。

王快乐说，您坐着别动，我去买！

王快乐去街上买了10斤青豆，又买了几个大包子。万老太的傻儿子也不客气，抓起包子就往嘴里塞。

万老太说，王警官，真不好意思，让你破费了！

王快乐说，哪儿的话，这不是赶上了吗？

他一边帮着剥青豆，一边问，万老太，别家都搬走了，您怎么还不搬啊？

万老太说，嗨，开发商欺负人，看我们一老一傻，给的补偿比谁都低，我们想说理都没地方说去。我们娘俩就在这儿等着，推土机来了就把我们活埋了吧！王警官，你是警察，要不，你帮我们说说？

得，一档子没完，又来一档子。王快乐说，好吧，我去跟你们派出所说说，让他们想办法帮帮忙。

王快乐心事重重回到社区，找到周大爷，吭哧半天才说，唉，看起来您的赔偿成问题了！说着，来龙去脉一讲。

周大爷说，没事儿，你带我去一趟！

王快乐吓一跳，您可别跟人家玩命啊！

周大爷说，你放心。

周大爷随王快乐来到万家，一见万老太，就把王快乐晒一边了。

老姐姐，情况我都知道了，我不要您赔了。您说吧，您要告谁？我帮您！我当过律师，有执照！

九十四、你不能走

陆桥纺织厂在社区开发前就存在，是保留下来的唯一一家工厂。年终，工厂倒闭了，拖欠工资上百万。多少人的？108！瞧瞧这数儿，赶上水浒梁山好汉了。

工人拿不到钱，回不了家，要造反。黑云压城城欲摧。

王快乐鸭梨脸瘦成猕猴桃，睁大眼睛盯住老板。终于，在一天半夜，堵住了要跑路的老板——

站住！你这是干吗？

我……上厕所。

上厕所还提皮箱？

我……

你跑得了和尚跑不了庙，被抓住罪过就大了！再说，你跑了，工人敢把机器拆了卖废铁，那损失就更大了！与其这样，还不如剜肉医疮，把机器便宜卖了，把钱还了，落得个平安再想辙。

王警官，我听您的！

就这样，肉卖菜价，先后来了几拨买家，最终有人决定买断。钱算下来，刚好够还债。这对工人来说，明摆着是好事，可王快乐万没想到，买家带人来拆机器，工厂却炸了窝。

怎么啦？工人不让拆！

工人代表说，不许拆！要拆先给钱！

买家说，支票我带来了。我先给了钱，万一拆不走机器怎么办？

工人代表说，你先拆走机器，万一不给钱怎么办？

双方都万一，针尖对麦芒，从白天吵到晚上，差点儿动起手。

王快乐急得跳脚，生怕买家赌气不要了。这一急，急出主意，他爬到桌上大声喊，弟兄们，工人弟兄们！大家别吵了，听我说，现在天都黑了，银行早关门了，你们让人家到哪儿去取钱？这样吧，派出所作为第三方，先收下支票，明天一早，把钱取出来分给大家，行不行？

工人们说，行！

买家也说，行！

于是，王快乐打电话请来所长。所长说，得嘞，我就当一晚上行长，明天保证给大家兑现！

掌声雷动。

王快乐说，好啦，现在让人家拆机器吧！

工人代表说，机器可以拆，但派出所要留个人在这儿，跟我们一起守到天亮。明天取不到钱，他就别走！

所长说，还能留谁？片儿警王快乐呗！

得，支票拿走了，王快乐留下了。

夜深。风寒。厂房如冰窖。拆机器的大汗淌，守人质的乱哆嗦。

王快乐说，弟兄们，天冷，大家都回去休息吧！放心，我不走，我一定在这儿守到天亮。

不行，我们不走！万一找不到你了，钱跟谁要？

嗨，你们不放心我理解，可也用不着这么多人守着啊？三四十个人，也太浪费了！能不能少几个，其他人都回去睡觉？明天还要数钱呢，熬一夜再数错了！

工人们你看看我，我看看你，最后提出分组轮换。六个班组每组派一个人看守，其余的先回去睡觉，两小时一换班。

可怜王快乐没人换，一个人干熬着。

半夜，他冻得实在受不住了，就跑去帮人家拆机器。看守的工人围成半圆，瞪大眼珠儿盯住他，生怕他钻进机器里被抬走。

终于，天亮了，机器拆光钱分光。

王快乐呢，躺在垃圾里睡着了。

九十五、过了这村没这店

楼上住的冯经理家卫生间漏水，修了几次还是漏。因为房子太老了，修理工不敢彻底挖开做防水。楼下住的吕老师很恼火，一漏就上去敲门，咚咚咚！

什么事？

你家又漏水了！

没办法，你凑合过吧！

嘭！把门关了。再怎么敲也不开了。

吕老师很生气，后果很严重。怎么啦？给楼上断电啦。电表箱在楼下，他拿起老虎钳，咔吧！你凑合过吧！

冯经理赶上调休，正躲在家里看大片儿，刚到要紧处，两眼突然失明了！再一感觉，不对啊，整个儿屋子都穿越到白垩纪了。他怒火中烧，哼！也抄起一把老虎钳。一下楼，正看见吕老师的鬼祟。

哪里跑，看钳！

于是，冯吕对决，短兵器挥舞。才两个回合，吕老师左眼中标，鲜血突突，老虎钳也掉了。他忍痛还击，一个老拳勾去，正中冯经理鼻梁，血流如注。两人同时发出惨叫。

邻居见义勇为，急电王快乐，王警官杀人啦！

您倒是点个逗号啊！

闻听这声吼，全楼人都蹦出来，杀谁啦？

谁也没杀。王快乐赶紧带着冯吕二人上医院。

医治下来，各受其伤。还好吕老师眼没瞎。王快乐为他们调解，不行，因漏而起，积怨久矣，双方态度超硬，非法院不可。

王快乐说，好吧，把伤养好，我带你们去做伤残鉴定。

这期间，王快乐也没闲着，联系了几家维修公司到冯经理家现场比武，看谁能彻底解决漏水。工钱不是问题，冯经理不出我出，关键要一劳永逸。还别说，高手在民间，真有一家公司接下了这活儿，说 70 年保修。冯经理说，我都 50 多了，保那么长没用。

漏水问题解决了。冯经理很仗义，王警官，哪儿能让您破费！眼都不眨，就把工钱付了。

可是，接下来，轮到鉴定索赔，就不那么利索了。

法医私下对王快乐说，看来楼上的伤比楼下重。王快乐一听，拼命做吕老师的工作，说冯经理很可能构成伤势，你赶快赔点儿钱算了。要不然，万一他构成伤势，不要你赔钱，要你坐牢，你的公务员身份就保不住了。吕老师头发都立起来，愿意赔两万，请王快乐从中斡旋。

冯经理一听，尾巴翘老高，啊哈，不是要断电让我当恐龙吗？怎么，服软啦？

王快乐说，你就收下这两万，签了调解协议得啦！

冯经理说，慢！等我夫人从国外旅游回来，商量商量再说。

王快乐说，过了这村没这店，协议书不签，万一吕老师反悔呢？

冯经理说，还能反到天上去？长翅膀了吗？

两天后，吕老师说，不行，我现在视力不好，我也要做伤势鉴定。

结果，法医会诊，吕老师伤势更重一筹。两伤相抵，冯经理还要赔吕老师两万。

冯经理痛不欲生，苍天啊，大地啊！

九十六、没人反对

杨老太跟邻居关系不好，跟居委会关系也不好，动不动就吵闹，很招人烦。她本人没工作，丈夫也退休在家，两个儿子都痴呆。她要服侍这两个痴呆，心情很糟糕，觉得自己命真苦，怎么就摊上这样两个儿子？她经常用轮椅推着两个儿子，往区政府门前一放，自己就走掉了。里面出来人问话，一个哇哇呜，一个咕嘟嘟，问什么也答不出。没办法，只好送到公安局。局里到处寻找，最后总算找到下落，来人领走了。

谁来了？王快乐。

一来二去，都知道了。只要政府门前出现哇哇呜和咕嘟嘟，就直接通知王快乐来领。有时候很急，快把你的傻儿子领走！

不明白的人还追着王快乐看。

王快乐不快乐，看什么看？

人家说，看不出是你遗传的啊，你不是挺正常吗？

这样下去，到哪儿算一站呢？

王快乐正为此发愁，忽然来了大事儿，杨老太要跳楼！从哪儿啊？民政局9楼。也不知道她是怎么上去的，趴在窗口，谁也不敢碰她。一个老太太，吓死人了。

王快乐接警后跑上楼，趁她不注意，一把揪住。

杨老太说，王警官，你老为我领儿子，我认你。如果换成别人揪我，我今天就抱着他腿跟他回家，让他养活。

王快乐笑了，这说明您信得过我。走，您跟我回去，有什么话咱俩好好说说。

回到警务室，杨老太倒开了苦水。原来，她的儿子是双胞胎，小时候出了车祸，去医院没看好，后来就傻了。她为这个事跟医院打过官司，一直没结果，她对政府有意见，就把儿子推去展示。再有，她生活很困难，一家四张嘴，开门就要钱。但是丈夫的退休工资一除四，刚好不够享受低保的条件。为此，多次找居委会，没人真帮她，来回踢皮球。至于跟邻居吵架，她说，王警官，你想啊，都是恨人有笑人无，谁会给我一句好话？说着，杨老太就掉了泪。

王快乐说，您别难过了，我都清楚了。多说没用，等我信吧。

接下来，王快乐做了如下三件事：

1. 把杨老太家的户口一分为二，把一个儿子的户口单列出来。这样，这个儿子就符合低保条件，每月能有几百元收入。居委会主任说，办低保要进行公示，杨老太邻居关系不好，会不会有人反对？王快乐说，你们尽管公示，谁反对找我来！

结果，没有人反对。办理低保成功。

2. 给杨老太安排个活儿。干什么？每天上午叫她配合保安看半天大门。老闷在家不好，就当到外面散散心，晒晒太阳，还能融洽居民关系。也不要她干坐在那里，在小区里到处转转。下雨就收工。每个月给她两百块，算劳动所得，而不是施舍。

方案公示出来，也没人反对。

3. 动手为杨老太儿子医疗赔偿写申诉材料。

这个并非易事。但是，王快乐说，万里长征难不难？

杨老太呢？面朝太湖，春暖花开。

九十七、这也太麻烦了

家住楼下的老孙跑到警务室来报警，王快乐去所里开会了，他就跟协警小吴说，他家楼上的老刘不让他睡觉，每天半夜都在楼上走来走去的，咯咯咯！咚咚咚！

小吴就去找老刘。老刘说，恶人先告状，我不让他睡？错！是他不让我睡！他半夜常常跑上来砸我的门，要不然就拿棍子从底下往上捅楼板，咯咯咯！咚咚咚！

小吴眉头一皱，哦，是这样！又跑到楼下找老孙，说你怎么半夜跑上去砸人家的门？

老孙两眼瞪成牛蛋，你这二货，怎么帮楼上人说话？你们是亲戚呀！

小吴很生气，我怎么二货啦？我就是他亲戚怎么的？

老孙大嘴一咧，好啊，怪不得说警匪一家呢！

老刘正在楼上听着呢，也叫起来，你说谁是匪？挽起袖子冲下来。

小吴急忙拦住。

老孙指着小吴说，我投诉你，让你丢饭碗！

得，接到投诉后，督察找到王快乐，说说吧，怎么回事儿？

王快乐抓抓脑壳，首先是我错了，没教育好！回去就给老孙道歉！

回来的路上，王快乐踩了一脚狗屎。嗨，人说踩狗屎交好运，我怎么尽是麻烦事儿。来到警务室，他一边洗脚一边对小吴说，你怎么饭会吃话不会说？

小吴也抓抓脑壳，那我怎么说？

王快乐说，笨死你！你就说，你们都是我的亲人，都是我的亲戚！

小吴笑了，要不你当警察我给你穿鞋呢。

王快乐说，你什么时候给我穿鞋了？好的你不学！快给我拿双干净鞋来，咱们去给老孙道歉。

小吴拿起鞋说，得，我给你穿上吧！

老孙一看来道歉了，尾巴翘老高，我知道他们不是亲戚，我就是要讨个说法。老百姓说话不过脑子，你们穿官衣的说话要过！对不对？

王快乐说，对，对！

老孙说，往后，楼上再吵，我就找你解决。

王快乐说，好，好！

想不到，王快乐从此被缠上。今天，电话嘟嘟嘟，王警官，楼上又闹了！明天，嘟嘟嘟电话，王警官，他闹得我睡不着！

王快乐私下问老刘。老刘一脸苦瓜，我的王老爷，我是单身啊，这两天我出差了，家里根本就没人。他是故意找碴儿！

王快乐来到老孙家，你反映的问题很严重，要依法采取措施。你要配合取证，不能冤枉好人。

老孙问，怎么配合？

王快乐说，一点儿也不麻烦。我给你一个本子，从今天开始，你给我记好，哪一天，从几点几分老刘开始闹的，一直闹到几点几分，是什么声音。天天都记，记满三个月。其间，我会不定期安排他住到旅馆去，当然不会通知你。三个月后，我来对照你的记录。如果对得上号，说明你记的都是对的，老刘要负法律责任。如果对不上号，你记的日子老刘根本没在家，就说明你冤枉了人家。那你可就犯法了，要吃官司的……

老孙打断王快乐，这也太麻烦了！我忍了行不？

九十八、房产

旧房拆迁，赵大妈得了100万拆迁款。她花70万买了一套房，房本写了小儿子赵鸿的名字。她有一个女儿，两个儿子，老伴去世后就跟小儿子过。哥哥姐姐说，房本写谁我们没意见，剩下的30万大家应该平分。赵鸿不同意。为这，姐弟三人打起来，惊动了王快乐。

清官难断家务事。再难，也得断啊!

王快乐私下问赵鸿，按理，你哥哥姐姐也有继承权啊。你有什么苦衷，跟我说说?

赵鸿沉闷良久，王警官，我给你看两样东西。

他从柜子里取出一个铁盒儿，里面有两张纸。

这是两份遗嘱。一份是他老爸生前写的，另一份是赵老太自己写的。两份遗嘱都写明，把老房子留给小儿子。

赵鸿说，我没敢告诉哥哥姐姐，怕他们说我捣鬼，再去跟老妈吵，把老妈气死怎么办?

王快乐皱紧眉头。老人事先没跟儿女说好，就做主把房产给了一个人，且有一位已经过世，遗愿难违。这事儿真难办了。

小赵，我明白了。我理解你。我只想问你，父母写归写，你个人愿不愿意给哥哥姐姐分一点儿?

赵鸿不吭气。

兄弟亲，土变金。老人总会过去，你们姐弟日子还长。你已经得了一套房，应该知足。舍得，舍得，只有舍，才有得。你舍些钱，能得到亲情。整天吵闹下去，就是住在房里守着钱也过不安生。再说，老人有个病灾，你一人也不行，还要靠哥哥姐姐啊!

赵鸿不说话了。

王快乐说，眼下，重要的是把老母亲照顾好。父母把房产都给你了，你要是不孝，老人就自己打了巴掌。

赵鸿点点头。

回过来，王快乐又对他的哥哥姐姐说，不是他不愿意分，你们父母写了遗嘱。

两人一下子傻了。姐姐说，老人为什么不跟我们说?

王快乐说，按理，你们都是他们的子女，财产分割都有份。老人就算给小的，也要讲清道理，他跟我们一起住，所以给他。然而，即使老人做错了，你们也不能打父母、骂父母吧？最多就是放在心里。也不要为此跟弟弟吵闹动手，伤了亲情。你们这样做，老人看了难受，邻居看了笑话。要我说，你们知道了遗嘱这件事，更要体贴老人，顺从老人，孝敬老人，帮助弟弟照顾老人，陪伴老人走完人生最后一程。要想到，父母生下我们，拉扯我们，吃尽世上苦，受尽人间罪。父母养育我们，不求回报，无怨无悔。我们有个病痛，如果割肉能做药，他们会毫不犹豫割下自己身上的肉。难道他们老了，我们不去孝敬他们，反而要求他们回报，为他们的遗产大打出手。你们这样做，对得起他们吗？老父亲地下有知，也会掉泪啊！

一席话，说得两人难过起来。

人心都是肉长的，你们照我说的去做，好人会有好报！

两人照着王快乐的话做了。姐弟三人和好如初，赵老太在儿女的共同关爱下含笑而终。

送走老人后，赵鸿把30万都给了哥哥姐姐。

九十九、孙老太不是孙悟空

社区有几排老平房，82岁的余老汉就住在这里。他性格孤僻，打了一辈子光棍。这天早上，天下着小雨，他拄着拐棍来警务室找王快乐，隔壁孙老太破坏我的房子，眼看房就要塌了！

王快乐急忙去他家察看。两间小房，黑咕隆咚。靠里边一间整个墙都湿了，有一条缝儿往下流雨水。这堵墙后就是孙老太家。孙老太也是单身一人，腿脚都抖了，怎么还能搞破坏呢？

王快乐一打听，原来两家积怨已久。为什么？当初盖房的时候，孙家老汉就说余老汉的房起高了，挡了他家的风水，两人为此还干了仗，谁也不服谁。后来，孙老汉得病死了，孙老太钻牛角尖，认为是被余老汉害的，隔三岔五跑过来叫，老光棍，我要把你房子推倒！

这两家儿，隔着两堵墙啊。屋里一堵，心里一堵！

王快乐说，余大爷，我看了，您这墙是年久失修！

余老汉瞪起眼，不是孙老太搞破坏？

王快乐笑了，她是孙老太，不是孙悟空。

社区有一个外来户老黄，经营沙子水泥外带土建零活儿。当初办营业执照的时候，他跑前跑后，腿都跑短了也没办成，还是王快乐出面找了工商的头儿，这才拿下。老黄多次请王快乐吃饭，嘴都说薄了也没吃，更别提红包了。老黄心里不落忍，一见到王快乐就说您有事儿叫我。王快乐说，得嘞，哪天我盖大别墅就找你！

得，现在，王快乐真要找老黄了。

老黄喜出望外，王警官，您要盖大别墅了？

王快乐笑成弥勒，是啊是啊，哈哈哈！你有工人吗？

老黄说，有，有！什么时候开工？

王快乐说，先帮我修一堵墙，我看看手艺。工料钱一分不少！

老黄说，得嘞，您就瞧好吧！

王快乐领着老黄往平房走，还离着老远，他一指余老汉家，看见没有，就是这堵墙，你帮忙修一下。说完，又跟老黄耳语一番。

老黄眼珠子差点儿掉出来，王警官，您这是演的哪一出啊？

王警官没开腔。

老黄回头一看，嗨，人早闪了。

余老汉买菜回来，忽然发现自家门外热火朝天。搬砖的，弄沙的，还有扒墙的。啊？孙老太动真格的了，叫人来拆我房啦？这还了得！他紧走两步，大喝一声，住手！

没人住手。

余老汉赶到房前一看，哎哟喂，这哪儿是拆房啊，这是在给我修墙啊。把外层的破砖烂砖扒下来，重砌一层新砖，结结实实，漂漂亮亮。余老汉乐得合不上嘴。

老黄迎上来说，余老汉，您回来了？您打开门，叫工人从里边儿抹一层水泥，保证光滑成镜子面儿，再涂上大白粉。

余老汉说，慢着，我先问问，这是谁出钱请你们修的？

老黄往隔壁一指，孙老太！

啊？余老汉一下子傻了。

老黄说，以后你对人家客气点儿，不要老记仇。

余老汉两眼乱眨，笨得没话说。

晚上，王快乐来找老黄结账。

老黄瞪起牛眼，只许你做好事，就不许我做一回？

一〇〇、敲锣打鼓过大年

明天就是大年三十了，王快乐又忙活了一年。

想当初，他乍到，新城开发伊始有点儿乱。土地变工地，农民成市民，鸡鸣狗叫，尘土飞扬；现如今，换了样，新楼林立，树绿花红，百姓安居，治安良好，被评为市里最美社区。

年根儿上，王快乐还闲不住，安排春节保卫，慰问孤寡老人。

就在他骑着电动车忙进忙出的时候，一个四十来岁的女人，也骑着电动车来社区找人。她把电动车当成本田歌诗图了，开得飞快，在门口猛一拐弯，啪嚓！撞上了王快乐。

好家伙，两个人骨碌碌摔在地上，来个就地十八滚。

一个警服成出泥藕。

一个羽绒服成土猴。

王快乐翻爬起来，赶忙把女人扶起来，你有没有事？

拐弯让直行，女人明显违规。虽然身为警察，这时候也不能跟一个女人讲对错了。万一遇上悍妇，那可了不得。王快乐看过肇事现场录像，违规的女人跟交警吵着吵着，突然来了个光光猪，反叫交警无地自容。教训啊，警惕啊！所以，王快乐有理赔笑脸——

你有没有事？有事我送你去医院！

女人上看下看左看右看，我身上没事。就是，羽绒服破了。

王快乐一看，可不是，羽绒服被车挂了个口子。

这时候，很多居民就围过来看。

王快乐怕人多闹事，赶忙说，我赔你好了，你要多少钱？

女人说，五百块。

王快乐一听她就要多了，算了，息事宁人吧。

行，我给你。不过，我有个要求，你买了新衣服，这件破了的如果你不要了，就把它给我，我缝好以后可以送给社区困难户。

女人说，给你就给你。

王快乐正要出去为居民买春联，身上带着钱。他掏出五百块递过去，女人接过钱马上就塞兜儿里了。

突然，人群中有人大声叫，你敲诈人家！人家警察好说话，你就敲诈人家！

喊叫的是董老头儿。

紧跟着，阎老太不由分说，上去把女人兜儿里的钱掏出来。

哼，我一看你这衣服就是地摊儿上买的，最多就三百！

老百姓们七嘴八舌——

你是哪来的？

跑这儿敲诈来了！

你不还人家两百，我们就不放你走！

女人只好退回两百。

王快乐呢，也不客气了。客气就对不起为他说话的百姓了。

这天晚上，社区里一阵锣鼓响。金老太带着一帮锡剧迷登台献演《翠姐姐回娘家》。

锣鼓一响唱锡剧，
说一说翠姐姐要回娘家去，
心急急拿起上衣当裤提。
正月客多出不去，
二月烧茶煮饭全靠伊，
三月丈夫打工走得急，
四月上山种地爬天梯，
五月天旱要浇地，
六月采摘来不及，
七月阿公生病要去医，

八月秋风起，
九月做冬衣……
翠姐姐忙，王快乐更忙。
百姓看戏他站岗。
百姓睡觉他巡逻。
他敲起大锣，咣！咣！咣！
——平安社区保平安！小心烛火关好门窗！